MW01234811

El vuelo de la ceniza

Seix Barral Biblioteca Breve

Alonso Cueto
El vuelo de la ceniza

Diseño original de la colección:
Joseph Bagà Associats

Edición original en Editorial Apoyo (Perú), 1995
Edición definitiva revisada por el autor, 2007

@ 1994, Alonso Cueto
@ 2007, Editorial Planeta Perú S.A.
Avenida Santa Cruz 244, San Isidro, Lima, Perú

ISBN: 978-9972-239-08-3
Depósito Legal: 2007-00681
Proyecto Editorial: 11501310700058

Impreso en Perú.

Diseño de cubierta: Martín Arias
Diagramación: Tigre Graph S.A.C
Corrección: Laura Alzubide

Impreso en Quebecor World Perú S.A.
Avenida Los Frutales 344, Ate, Lima, Perú

Tiraje: 16000 ejemplares

Ninguna parte de esta publicación, incluido el diseño
de la cubierta, puede ser reproducida, almacenada o
transmitida en manera alguna ni por ningún medio, ya
sea eléctrico, químico, mecánico, óptico, de grabación
o de fotocopia, sin permiso previo del editor.

A Felipe Ortiz de Zevallos

The skies were ashen and sober

Edgar Allan Poe

1

El doctor Boris Gelman baja las escaleras lentamente, se acerca a la barra y pone un billete de cien dólares frente al mozo.

—¿Qué desea?

—Necesito encontrar a una mujer.

El mozo sonríe. Tiene una camisa blanca. Desliza un trapo húmedo en la barra.

—Hay muchas... Venga más tarde.

—Necesito encontrar a una mujer en especial —dice.

—¿A cuál?

—A ésta...

Boris se sienta, abre un sobre, deja una foto sobre la madera. El hombre no la mira.

—Como le digo, por aquí vienen muchas, señor. La verdad, no me acuerdo.

La voz es lenta y monótona. El mozo habla como para sí mismo.

—Trate.

Cuando el mozo mira la foto, algo se mueve en sus ojos. Deja el trapo a un costado, se lava las manos. Un chorro estalla en el recipiente metálico.

Boris aún tiene el billete entre los dedos.

—Ya, señor.

—¿La conoce?

—Quédese un rato. ¿Le sirvo algo?

—No. Nada. Voy a esperar.

—Como quiera.

* * *

Boris espera. Toma agua mineral. Oye grupos de mujeres que bajan las escaleras. Hay tres o cuatro chicas que hablan en voz alta, y entran por una puerta al fondo. Las mesas empiezan a poblarse. Toma otro sorbo.

A las nueve, una orquesta de hombres de sacos rojizos se ha reunido en el escenario. Hay tres músicos: un trompetista enano, un tecladista de manos alambradas, un tipo macizo y grave frente a los tambores. Todos parecen hermanos: las caras sombrías, los ojos pequeños, el pelo aplacado por una gomina sucia. El trompetista alza las piernas y se estira. La música avanza en oleadas largas y apenadas, inyectadas de vez en cuando por una descarga de los timbales. Le parece la marcha de un funeral. El sonido afiebrado de la pianola, el murmullo de la trompeta, la breve lluvia del tambor.

De pronto, el rumor colectivo parece desfallecer, aparece un redoble y se hace un silencio en las mesas.

Hay una ligera salva de aplausos.

Boris apenas se mueve.

La ve pasar junto a él. Alza los ojos.

Una cara de luna, ojos risueños, pestañas duras como sombrillas.

El traje azul le deja ver los senos.

Boris la sigue con la mirada. Ella desaparece tras una cortina negra.

El mozo la señala.

Ella es. Ella es. Ella es.

—¿Cómo se llama? —murmura Boris.

—Susy.

El anunciador —un hombrecillo de pelo arenoso y corbata roja— sale al escenario, iluminado por un foco.

«Buenas noches, señores, distinguidos miembros de la concurrencia. Buenas noches a todos. El club nocturno Adán y Eva tiene el gusto de recibirlos en esta ocasión tan especial en este su exclusivo ambiente especialmente acondicionado para el disfrute de los concurrentes que nos acompañan esta noche. Estamos aquí con chicas tiernas y cariñosas, chicas lindas, que serán de su completo agrado, para que ustedes se olviden de las presiones que le arrinconan el alma en el mundo, de ese estrés que caracteriza la sociedad moderna, y se encuentren aquí con los placeres y deleites de las damas más bellas que se puedan imaginar. Para que disfruten en suma de unas horas de placer, para caballeros distinguidos como ustedes. Y para probarlo, aquí, la que muchos esperaban, la única, la innombrable dama de la noche. Con ustedes, Susy».

La música empieza.

Una chica aparece tras la cortina, baila hacia el centro de la pista.

Es alta, esbelta, de ojos grandes. Tiene una malla azul. Mueve las piernas, primero lentamente, luego cada vez más rápido, a la velocidad de los timbales. Un chorro de luz roja cae sobre ella. Da varias vueltas cerca de las mesas. Una cabeza torva grita algo.

—Está buena la Susy, ¿no? —dice la voz del mozo cerca de él.

Boris voltea. Los ojillos lo interrogan.

—¿Empresario es usted? Se la quiere llevar a trabajar seguro —insiste.

—No —dice Boris.

El ritmo de la trompeta deriva en una súbita ronquera. El hombre deja un espacio libre a su lado.

Susy retrocede, acaricia el aire y desaparece detrás de la cortina. Entre los aplausos, el presentador anuncia a la siguiente bailarina. Tatiana, la única.

Boris toma de su vaso. Ha inclinado la frente hacia delante.

Susy sale por una puerta ahora. Tiene una falda azul, aretes largos, la boca grande y roja.

Las rodillas finas y torneadas se mueven entre las sillas. Su figura va creciendo.

Boris la ve, se repliega. Levanta el vaso.

—Hola —se oye murmurar.

—Hola —contesta ella—. ¿Qué tomas, amor?

—Whisky.

—¿Me invitas un trago?

—Sí.

Al verla sentarse, los párpados le tiemblan.

Ella llama al mozo.

—Un chilcano, por favor —sonríe.

La mujer empieza a hablar. Los aretes le bailan. Boris apenas entiende. Ya estamos en invierno pues, comenta. Las noches acompañadas son más ricas, le está diciendo, en esta época del año. Es mejor dormir bien acompañada.

El mozo trae los dos vasos.

—Salud —dice Boris.

El sabor del whisky le calienta la piel.

—Tú eres bien serio, ¿no? Bien serio y bien callado.

Boris no contesta.

Allá al fondo la orquesta está tocando. Una jauría de lobos adormilados. La trompeta inicia un lamento áspero.

—¿Quieres bailar? —dice ella.

—No.

—¿Qué entonces?

Boris toma un nuevo trago.

—Irme contigo —dice—. ¿Cuánto me cobras?

Ella sonríe y levanta su vaso.

—Para un caballero como tú, yo hago un precio muy especial.

* * *

Susy lo va guiando. El par de muslos brilla sobre la acera.

La mano que se enrosca en su brazo. La falda azul, el cuerpo afilado, la arcilla lisa de los hombros.

—Aquí.

Una puerta desteñida gira. Salen a la calle. Ve los carros muertos en la pista, la llovizna sesgada, una luz mezquina sobre la acera. Pasan debajo de un poste.

Caminan juntos. Puede verla. La cascada de su pelo se esparce en flecos violentos y crea una sombra rápida en la pared. Hace frío. Siente a la mujer temblando. Le pasa el brazo.

—Por aquí nomás —dice ella.

Suben juntos por una escalera.

Susy abre la puerta de un cuarto. Es pequeño, con una cama en el centro. Tiene frazadas de bolas azules y blancas. Una lámpara estira sus garras sobre la mesa.

Ella se acerca. Boris se estremece.

Siente la piel de ella, áspera y dura. Siente los labios contra los suyos, las manos tocándole un costado.

Se repliega y aprieta los brazos.

—Échate —dice.

Susy lo obedece. Boris inclina sus ojos. Ve el cuerpo estirado: los senos, el vientre, el pubis negro. Está junto a la cama. Una hilacha gruesa cuelga de la frazada.

Ella levanta sus brazos.

—Ven, pues, amor —le insiste.

Boris se aleja. La observa. Un insecto que se retuerce sobre la cama.

Habla con lentitud, como explicándole una lección, la última que va a recibir.

—Soy Gelman, Boris Gelman.

Ella sonríe.

—Mucho gusto pues.

Una arruga aparece, como un rayo, en la frente de Boris. Las mejillas se endurecen.

—¿No te dice nada ese nombre?

Ella sonríe, se pone un dedo en los labios sucios.

—¿Boris qué?

—Boris Gelman. El hijo de Víctor.

Susy se incorpora.

—¿Te acuerdas del doctor Gelman?

—¿El doctor Gelman? —repite ella.

—Por él he venido.

Boris arrima una silla junto a su cabeza.

—Por ti ocurrió una desgracia —murmura—. Pero tú ya sabes de que hablo, puta... ¿No eres una puta de mierda, puta?

Boris hace una pausa. Susy se está moviendo hacia el borde. Deja salir un chillido grave.

—Creo que tú eres medio loco, oye. Mejor nos vamos de acá. Pero antes...

Mientras ella habla, Boris ha levantado el cuchillo. La golpea una sola vez, en el estómago, hacia arriba. Apenas ha hecho ruido.

Todo ha ocurrido como lo había previsto.

* * *

Al salir, ve un edificio cuadrado, de ventanas turbias. La puerta es una reja con un hueco redondo en el medio.

Una hilera de postes ilumina el polvo de llovizna.

Boris se siente liviano. Acelera el paso. Está corriendo hacia la avenida ahora. Llega a la esquina. Se detiene. Está jadeando. Sólo ahora comprende que sus manos están mojadas.

Un río sucio de tráfico por la calle. Los carros ruedan sobre la pista iluminada. Las hojas de los árboles se sacuden. Entre ellos, el disco de la luna.

Se detiene en un semáforo. El aire es borroso. En el cielo hay manchas crudas y blanquecinas. Alguien se mueve en un carro al lado, hay una luz roja. Una sombra se inclina. Es un taxi.

El chofer tiene la barba crecida y la nariz movediza, el gancho de los brazos rodeando el timón. ¿Lo llevo, señor? ¿Adónde lo llevo?

Boris cruza la pista.

* * *

Abre la puerta de su casa. Entra y se sienta en la sala. Los muebles se extienden y se pierden en la oscuridad.

Allí puede quedarse. Pero tiene que ir al dormitorio del segundo piso. Entra al baño y se para frente al espejo: permanece allí, frente a sí mismo, sin moverse. Baja la cabeza y ve la masa rosada y dura de jabón. Se frota bajo el chorro de agua hasta que sus manos abrazan la toalla. Cuando atraviesa las escaleras, lo sigue el compás de un reloj. Mueve la puerta gentilmente y se detiene.

Es su madre.

La figura horizontal está ataviada con una cinta blanca y en el trágico rostro, petrificado por el sueño, hay una dignidad de mármol. Ella estaría contenta de saber lo que acaba de ocurrir. Estaría contenta, piensa.

* * *

Ahora Boris baja las escaleras y entra a la cocina. Hay una botella de anís, al fondo de la alacena.

Recoge un vaso; tiene una forma de cáliz. De pronto sus manos se pierden, están lejos de él. El vaso se mueve de un lado a otro. Cree que no va a poder sostenerlo.

El vaso aún baila en su mano, se resbala, llega a los dedos.

Durante algunos segundos de terror, Boris piensa que va a caerse, va a estrellarse en mil pedazos, va a despertar a su madre. Boris siente que un gemido sale de su pecho y que la cara se le ha humedecido.

De pronto el vaso está en el suelo, hecho añicos. Algunos trozos rebotan en la pared.

Él no ha oído nada.

Mira hacia atrás. Sale a la penumbra de la sala y ve las sombras. Siente un ruido de motor, a lo lejos. Se queda allí. Espera. Su madre sigue durmiendo.

Cuando vuelve a la cocina, recoge los trozos de vidrio con una mano. Toca el filo con las yemas. Junto al tacho de la basura suelta los pedazos que suenan como piedras. Tiene la boca seca. Una línea de sudor le baja por la sien y avanza por la mejilla.

Sorbe de la botella. El líquido le quema las entrañas.

Todavía puede ver el rostro de la mujer diciéndole, con esa voz de arrullo: «Ven, pues, vamos».

2

El mayor Gómez llega al edificio, cruza el corredor y siente la manija de metal. La cara de caballo de Zegarra lo mira desde su escritorio.

—¿Qué hay de nuevo?

—Para escoger. La última muerta, si quiere —dice Zegarra.

—¿Qué?

—Una muerta. El coronel dice que vaya a verlo.

Gómez atraviesa el umbral. Al entrar ve al coronel Paz —la cara abultada, los ojos de sapo, la boca ágil y minúscula—. El coronel está hablando por teléfono. Una mano le hace una señal para que se siente.

Gómez obedece. Sabe que el coronel es una persona interesada en demostrar quién manda en los alrededores. Es normal que alguien lo espere mientras él habla.

—Le tengo un asunto que le puede interesar, Gómez —dice por fin.

El coronel habla con la voz ronca.

—Dígame, coronel.

Gómez recibe unos papeles y fotos en un sobre.

—Aquí tiene, mayor. Una muertita. Bailarina en un *night club*. Puta también, dicen. Felizmente que no ha salido nada en los periódicos. Nosotros estamos ocupados en otra cosa, tenemos a los terrucos encima. Pero esto a lo mejor le conviene, pues. La hermana de la muerta anda buscando que alguien la ayude. Dice que tiene plata para pagar un detective privado así que a lo mejor le conviene. En todo caso, ya sabe que tiene que avisarme y nada que ver los periodistas. ¿Se anima?

Gómez encoge los hombros.

—Como usted diga —contesta.

* * *

En la oficina de Zegarra, junto a un café que parece una taza de aceite negro, Gómez empieza a leer.

«Susana Nelly Aguirre Zavala. Edad: 29 años. Trabajo: bailaba en un *night club*. Causa de la muerte: desangramiento. El mozo manifiesta que se fue con un extraño pero que no podría describirlo. Cuerpo presenta muchos cortes, algunos profundos, entre los dedos de los pies, detrás de rodilla izquierda. Un golpe mortal en vientre. La víctima fue encontrada desnuda y colocada encima de la cama. Bien peinada.»

—La había peinado. Tiene gracia el cabrón.

Una mano toca a Gómez en el hombro. Ve la mandíbula larga de Zegarra.

—¿Y qué tal? —dice Gómez.

—¿Qué le dijo el coronel?

—Me dio esto.

—¿Qué?

—Una muerta.

—A ver.

Gómez abre otra vez. El coronel ha incluido las fotos. En la primera, Susana Aguirre está acostada con las dos manos debajo del mentón, como si estuviera rezando. Tiene el cuerpo lacerado de marcas. En la segunda, puede verse una figura en la frente.

Tiene los ojos abiertos, como pozos vacíos. Algunos pelos le cruzan la cara.

Las siguientes fotos muestran el cuerpo cosido en infinitos tajos: algunos son largos y profundos, otros son líneas curvas. El asesino ha firmado muchas de veces, como un niño que ensaya un nombre, piensa Gómez. También hay cortes entre los dedos.

—¿Qué edad cree que tenía?

—Acá dice veintinueve —contesta Gómez.

—La edad justa para morirse —se ríe Zegarra—. Antes de los treinta es la edad justa.

Un teléfono suena en la oficina de al lado y una voz ronca contesta. Hay una carcajada.

—¿Tú que estás haciendo? —pregunta Gómez, suspirando.

—Yo, lo de siempre. Seguir narcos y coqueros. Cualquier día de estos me vuelan a mí también. ¿No hay más fotos?

—No. Eres un morboso, compadre.

—Morbosos somos todos, mayor. Todos...

Gómez vuelve a ver la primera foto. Está desnuda y peinada. Como si fuera a hacer la primera comunión.

—Mírela, pues —dice Zegarra—. La dejaron listita para ir al cielo.

* * *

Gómez va a la oficina.

—¿Y qué piensa? —dice el coronel, luego de soltar una bocanada de humo—. Una cosa monstruosa, ¿no?

El coronel se ríe.

—Sí.

—Bueno, ¿pero qué me dice, Gómez? ¿Quién hizo eso?

—Alguien que quería verla morir despacio, coronel.

—¿Por qué?

—La coagulación. En la coagulación hay una cosa.

—¿Qué cosa? —el coronel tira un rollo de papeles a la basura.

—Había sangre ya seca y por allí pasó el cuchillo. Un poco perverso era el tipo. Además la cortó entre los dedos y creo que por allí se desangra más lento.

—¿Cómo sabe que era un hombre?

—No sé, yo no sé nada. Supongo que era un hombre, no sé por qué.

—Bueno, ¿va a tomarlo? Los periódicos no saben nada todavía y, como le dije, ahorita tengo a toda mi gente ocupada en otra cosa. Lo que pasa es que hay una señorita que anda preguntando por mí y por la muerta esa. Usted tiene que ayudarme con ella. Además, ya le he dicho que puede ganarse alguito también. Yo lo hago por usted. ¿Va a aceptar o no?

—Voy a ver —dice.

—Como quiera. Porque si no, voy a asignar a Zegarra.

Gómez va a la sala de reuniones. En el camino saluda a algunos amigos. No te veía en tiempo. ¿Cómo te ha ido? Todo bien, por aquí y por allá, como siempre.

Gómez llega a la sala y se sienta en un extremo de la mesa.

—¿Y? —dice Zegarra.

—Nada. La muerta. Y un pata que quería verla morirse. Poco a poco. Sabía algo de medicina.

—¿Por?

—La cortó en algunos sitios especiales. Entre los dedos. Para que se desangrara despacio.

—Ya, pues. Busque a todos los médicos, mayor.

—No sé, no me gusta meterme con los muertos. El coronel dice que a lo mejor te manda a ti para averiguar esto.

—Vamos los dos, pues.

—No sé. No sirvo para esto. Es mucha cosa. Mucha locura. Si no fuera porque estoy mal de plata no aceptaría.

—Por eso usted se fue de acá, ¿no? Mucha locura y poca plata había acá. Pensaba que iba a ganar más siguiendo a maridos infieles. Así pensaba, ¿no, mayor?

—Claro.

—¿Y qué hace ahora?

—Nada. Voy por aquí y por allá siguiendo a maridos infieles. Pero muchas señoras que me contratan no tienen plata. Hasta para saber si te cornean tienes que tener plata, ¿no?

Zegarra sonríe, abre los brazos, se sienta cerca de él.

—¿Y no se ha acostado con sus clientas, mayor?

—Con una. Quería vengarse de su esposo cuando le conté que la engañaba. Después me dijo que no podía pagarme la cuenta.

—Ja. Está buena esa. ¿Y ha repetido horas extras con ella?

—No.

—Carajo. Así que sigue solo y pobre. Igual que acá.

—Solo y pobre —dice Gómez—, pero tranquilo.

—Bueno, pero ganaría más con homicidios. Si alguien le contrata.

—Eso sí. Pero éste es el primero que veo. No me gusta.

Zegarra encoge los hombros.

—El trabajo es el trabajo, mayor. Tiene que aceptar el encargo. Además si quiere yo lo ayudo. Esta muerta por lo menos estaba guapa. Bien guapa, la verdad.

* * *

De pronto siente un ruido. Alguien está de pie junto a la puerta.

Es una mujer delgada, de traje blanco. Tiene la piel color canela. El pelo le cae sobre los hombros.

—¿Es usted el señor Gómez?

—Sí.

—Ya.

La voz suena como una aguja. Gómez adivina que la mujer ha estado llorando pero que procura mantenerse tranquila. La ve bajar los ojos, como tensa y aliviada del final de su búsqueda.

—Soy Sonia, la hermana de Susana, de la chica que falleció. Me han dicho que usted sabe lo que pasó.

Gómez mete las fotos en el cajón.

—Algo sé, señorita.

—Dígame por el amor de Dios cómo murió.

Hay un temblor en los labios de la mujer.

—Quiero que me lo diga, señor —insiste.

—Ha sido...

—Era mi hermana, señor Gómez. Dígame cómo murió. Tengo derecho de saber, señor.

Gómez observa a Zegarra. Se reclina en la pared.

—A su hermana la cortaron.

—¿Cómo?

—La cortaron. Señorita, a su hermana la cortaron en muchos sitios. ¿Quiere ver las fotos?

El rostro de la mujer se paraliza.

El mayor Gómez la observa. El traje ciñe sus curvas. Por un momento parece estar flotando.

—No puede ser.

Hay un largo silencio. Los ruidos del corredor —una voz gruesa gritando nombres— rompen la pausa.

—¿Cómo pasó?

—Trabajaba en un *night club*.

—Eso ya lo sé.

—Se fue de allí con un tipo.

—¿Y?

—Parece que él la mató.

—Dios mío. Dios mío...

La mujer retrocede. Zegarra le ofrece una silla. Ella apenas se mueve. Se apoya en una mesa. Tiene los ojos fijos en el piso.

—¿Dónde está?

—En la morgue.

La mujer repite en voz baja: «En la morgue».

—¿Y no sabe nada más?

—No. Nada más...

—Usted está a cargo de su caso, me han dicho. ¿Quisiera ayudarme?

—No trabajo aquí. Soy detective privado. Si usted me contrata, la puedo ayudar...

Una hebra de pelo negro y grueso se desprende y roza un hombro.

—Lo voy a contratar. Tengo que saber lo que pasó. Todo ha sido un error.

—¿Un error?

—Sí. Yo tengo la culpa —agrega la mujer.

—¿Por qué?

Durante la pausa, se oyen unas carcajadas desde el cuarto contiguo. Los ojos se estiran. Ella da un paso y cae en la silla.

—Porque no la estaban buscando a Susana, señor. Me estaban buscando a mí.

—¿Sabe quién la mató?

—Sí...

Sonia vacila. Luego agrega en voz baja:

—Creo que la mató el hijo de Víctor Gelman.

—¿Víctor Gelman?

—Sí. Mi antiguo novio.

3

Una luz amarilla avanza sobre el jardín. Boris camina por la vereda, flanqueado por dos hileras de flores. Lleva un ramo de rosas blancas.

Los nichos se suceden. Por fin Boris se detiene. Da un suspiro. Se pone las flores en el pecho.

Ha encontrado el nombre que buscaba.

Se acerca y toca las letras con sus dedos. Víctor Gelman.

Pone las flores en la cornisa.

Luego sonríe. Las flores celestes sobre el mármol, una vista hermosa.

Boris se arrodilla. Padre mío, aquí estoy. He regresado.

* * *

Al salir del cementerio sube al primer taxi. El nutrido y miserable espectáculo a su lado. Una cordillera de ómnibus. Fierros rotos. Ventanas demolidas. Una serie de cabezas borrosas. Miradas de puntos negros. Se va acercando a San Isidro y el carro se libera gradualmente del nudo de la calle. ¿Cuándo ha ocurrido todo esto?

Por fin llegan.

Mientras camina frente a la clínica, ve a la señora Panatta. Está vestida de blanco, algo encorvada. Va a acercarse.

—Dichosos los ojos que la ven, señora. ¿Puedo ayudarla?

El rostro se voltea. Las facciones se estiran y cobran vida: «Ah, es usted, doctor».

—Qué bueno verla tan bien —sonríe Boris—. Está usted muy hermosa hoy día.

—Vengo a una consulta. Estas piernas ya no quieren sostenerme. Pero de la cabeza estoy perfectamente, sabe usted.

—Por supuesto. ¿Cruzamos señora?

Boris le ofrece el brazo.

* * *

Sube a un taxi. El susurro del motor a sus pies lo tranquiliza.

Son las cinco, se pone el abrigo. La noche anterior, con esa mujer, sintió también el viento. Ella se había puesto a temblar de frío. Él le había pasado el brazo por encima del hombro.

Ahora mira a su alrededor. Una procesión de metales oxidados, una nube de humo, un semáforo ciego. Un microbús de piel quebrada avanza entre grandes intervalos.

Se lleva la mano a los labios.

De pronto un golpe. Cuando voltea siente una puñalada de terror.

Una sombra se ha detenido junto al vidrio.

Es una cara de color tierra y está cruzada de arrugas. Lleva un sombrero. En sus ojos apretados hay un fuego sucio. Ahora se oprime las dos manos en el pecho y dice algo (por favor, señor, una ayuda, por favor). Es un pobre mendigo.

Boris aprieta los labios, cierra la ventana.

Avanza lentamente y por fin sale del nudo de automóviles. Una chimenea de humo asciende al cielo plomo; la casa está cerca. Va a llegar pronto. Un suspiro de alivio. Corre.

Su madre está sentada en el sofá de terciopelo. Tiene una bata blanca, las mejillas sonrosadas, el vago perfume sobre la piel.

Él se acerca, le sirve el agua caliente. Ambos están sorbiendo tazas de anís. Entre ellos hay un azafate con tostadas y un plato de mermelada de naranja. Alrededor, las piezas de su museo personal, un juego de muebles, una alfombra y tres cuadros: San Sebastián, San Pedro y Santa Rosa de Lima. La sala es un palacio que los protege.

Boris unta la mermelada y la despliega sobre la tostada. Toma un sorbo breve de la taza.

Al oscurecer, acompaña a su madre al cuarto.

Se sienta junto a la cama. Ella se está quitando la bata. Boris la recibe y la guarda en el ropero.

Su madre trata de desabotonarse la camisa ahora. Los dedos agudos apenas maniobran. Boris la ayuda.

Ve los pechos cubiertos por un sostén largo.

Saca el pijama. La ve echarse y le extiende las frazadas con cuidado. Le da un beso en la mejilla y le dice las mismas palabras de la noche anterior.

—Allí te dejo la jarra de agua. Duerme bien, mamá. Que Dios te bendiga.

Su voz es un susurro triste, una petición, una súplica. Que Dios te bendiga a ti también, hijo.

Baja las escaleras y sale a la calle.

En la esquina no tiene que esperar mucho. Un Volkswagen destartalado frena.

—Lléveme a Larco —dice.

Le da un billete al chofer.

Un poco después Boris baja del carro y se detiene junto a la turba. Es una turba lenta, que se mueve en forma sincronizada. Todos los cuerpos podrían ser las partes de un dragón que avanza. De pronto ve una silueta en la otra acera. Una morena, alta, de traje amarillo y piernas largas, pasa frente a una vitrina de maniquíes.

Parado, inmóvil, desde el otro extremo de la calle, Boris la ve perderse por una esquina. La sigue. Al voltear la esquina ve sus piernas avanzando a trancos largos. Un estremecimiento de terror.

La mujer toma un taxi, él la sigue en otro. El camino es largo. Pierde el auto dos veces pero vuelve a verlo. El chofer le obedece.

Por fin la ve bajarse en la avenida Arica. Están en Breña. Él está detrás de ella en una esquina. La puede eliminar, quizá puede hacerlo. Corregir el mundo de su presencia.

Camina detrás de ella, no deja de mirar sus piernas. La mujer avanza junto a montículos de basura, bajo la luz helada de los postes. Boris aprieta el paso.

De pronto la calle está oscura. Hay un edificio abandonado a su costado. Una pandilla de hombres inmundos se ha agrupado en la esquina. La sigue. Llega a la esquina, deja atrás la pandilla. Avanza. De pronto la ve.

Una mujer oscura, de ojos muertos, una momia joven y pintarrajeada. El horror del traje amarillo, los labios rojos, la piel inmunda como tierra. Por qué me sigues, huevón, le dice ella. Qué te pasa. Por qué me sigues.

Boris se queda inmóvil.

—Yo...

—¿Qué quieres? ¿Por qué me sigues? ¿Quieres venir conmigo?

Boris retrocede, sonríe, retrocede.

La mujer se ríe. Tiene una risa salvaje y larga, repite «das pena, oye, pobrecito, das pena». De pronto deja de reír, se acerca.

—¿Qué tienes allí?

La mujer le pone la mano en el bolsillo, le quita la billetera, le aprieta el sexo y Boris se retuerce de dolor. Cae al piso.

Siente los labios sobre el cemento. Un ruido de pasos veloces.

Entonces ella lo golpea con la cartera, él cae, siente el golpe, se levanta lleno de polvo. Ella ya no está. De pronto un carro se detiene. Bajan dos hombres.

Esa madrugada se despierta con un sabor de cemento en la boca. Le han quitado el saco. Sólo le han dejado la llave de su casa. Boris piensa en su madre.

Siente la humedad de la vergüenza. Se sienta en un muro. Voltea hacia donde ha desaparecido la mujer. Le parece ver otra vez sus piernas, su traje amarillo. Hubiera debido seguirla. Seguirla, seguirla.

El cuerpo le duele. La voz que se ríe, «pobrecito, das pena, pobrecito».

Se levanta. Camina rápidamente, con los pies firmes sobre el cemento.

Cruza el Campo de Marte. Llega a la avenida Salaverry. El horror de la suciedad, del ruido, cómo ha ocurrido todo esto.

Camina durante dos horas hasta llegar a su casa. Entra y se sirve un whisky. Las rocas bailan en el agua. Qué vergüenza, qué horror. Siente el hielo en la garganta.

* * *

Iba a encontrarla otra vez. Encontrarla a ella y a las mujeres como ella. Putas de mierda que les roban a los hombres.

Los postes apenas brillan.

Desde la puerta, mientras ve su cuerpo eternizado por la luz de la lámpara, repite la frase:

—No te preocupes, mamá. Esa mujer ya no hará más daño, mamá. Papá está más tranquilo en el cielo ahora. Y voy a limpiar el mundo de otras mujeres como ella. No te preocupes. Voy a seguir.

4

—¿Cómo sabe que fue ese tipo? —dice Gómez.

—Por un montón de cosas.

—¿Qué cosas?

Durante la pausa los ojos de Sonia se endurecen.

—Señor Gómez, por favor, dígame que vamos a encontrarlo. Es que no puedo...

Gómez voltea hacia ella. En ese instante, la cabeza se ladea, los ojos se cierran y el cuerpo golpea el suelo.

—Puta madre. Ya se desmayó su amiga —dice Zegarra—. ¿Y ahora?

Gómez se acerca y le toca una de las mejillas. A su lado, el cuerpo sedoso se extiende en el suelo. Una pierna se cruza delante de la otra, deja ver parte de los muslos. El pelo se ha derramado sobre la cara. Gómez siente la piel tibia y el ritmo del corazón entre sus dedos.

La golpea suavemente en la mejilla. De pronto Gómez ve sus ojos abiertos otra vez. Sonia mueve la cabeza hacia arriba y se incorpora.

—¿Está usted bien, señorita? —dice Zegarra.

—Sí, ya estoy bien.

Gómez va a ayudarla pero ella lo aparta.

* * *

—¿Puedo darle un café? —le dice Gómez.

Sonia mueve la cabeza.

—No, gracias. Voy a ir a mi casa. A ver a mi madre.

Gómez comprende que ella apenas puede sostenerse. La ve sentada. Coge un vaso y lo llena del bidón. Ella lo recibe.

—Gracias —dice.

Tiene la voz clara. Es una voz clara y suave, como hecha para que él la escuche siempre.

Sonia se pone de pie. Toma el agua.

—¿Cuándo podemos hablar? —dice Sonia.

—Le voy a dejar mi dirección y mi teléfono. Si quiere, lláme-me.

Sonia recibe la tarjeta.

—¿Puedo llamarlo más tarde? —dice.

Cuando ella sale, Zegarra mira a Gómez.

—Puta, cómo la dejó usted que se fuera, mayor. ¿No va a ayu-darla? Además tiene billete, le apuesto.

* * *

La casa de Gómez es una cocina, un dormitorio y una sala, con una ventana desteñida que da a la pista. Hay una mesita de plásti-co marrón, con un cenicero de lata. La sala tiene paredes blancas, un afiche nocturno de Nueva York y dos sillas anchas de paja. Un atado de ropa descansa sobre la mesa.

En la pared del dormitorio hay algunas fotos de actrices italia-nas. Claudia Cardinale, Sylva Koscina, Ornella Mutti. También de un niño y de una pareja de ancianos.

Gómez levanta el teléfono.

—Aló.

La voz suena como un hilo.

32

—Disculpa el desorden —dice Gómez mientras abre.

Sonia camina hacia el sillón y se derrumba. Tiene una blusa celeste que se ajusta en los hombros, con un cuello de puntas blancas. La falda deja asomar los muslos.

Gómez va al dormitorio y vuelve con un lápiz y una libreta.

—Dime ahora.

—No sé, no sabría por donde empezar.

—Dime por qué crees que es el hijo de ese señor Gelman el que mató a tu hermana.

Sonia se levanta. A pesar del ruido del tránsito, Gómez la oye con claridad.

—Cuando lo conocí —dice—, Víctor me hablaba siempre de su hijo. Y de su madre. Los Gelman tenían mucha plata. Son gente muy rica.

—Algo supe de él, ahora que me acuerdo —dice Gómez—. ¿No fue el que murió hace poco?

—Sí...

—Claro. Era un tipo conocido. Tenía una clínica en San Isidro. Salió en los periódicos. Claro que me acuerdo. Era gente de billete, creo.

—Sí. Murió en un hotel.

—Ahora me acuerdo —dijo Gómez—. Todos los periódicos lo sacaron. Pero no me acuerdo lo del hotel. Creo que no decían eso.

—Algunos se llegaron a enterar.

—¿Y tú cómo lo sabes?

Ella duda.

—Yo sé que murió en un hotel, porque murió conmigo.

—¿Murió contigo?

Ella se queda en silencio. Está mirando la ventana. Luego camina por el cuarto. Se sienta debajo del paisaje marino.

Gómez deja el lápiz sobre su pierna.

Sonia se estira el pelo, mira otra vez a la calle. Tiene una luz pálida. Dos surcos paralelos aparecen en sus mejillas.

—Bueno, y ahora dime. ¿Por qué crees que fue el hijo de tu amigo, o mejor dicho de tu amante, el que mató a tu hermana?

—No era mi amante, señor Gómez. Era mi novio. Y además, era un buen hombre, un caballero.

—Bueno, no interesa quién era. ¿Por qué crees que el hijo de Víctor Gelman mató a tu hermana? Dime.

Sonia se hunde en el asiento.

—Justo cuando Víctor murió, su hijo Boris volvió a Lima —susurra—. Estudiaba en Canadá. Luego se quedó a trabajar. Había estado muchos años sin venir. Aquí se enteró de lo de su padre. Sobre todo de cómo murió.

Sonia se detiene junto al borde de la ventana. Gómez ve el perfil de las manos, el cuello blanco, las piernas lentas y delgadas.

—Morir haciendo el amor. En un hotel. No es muy digno para gente como ellos —murmura Sonia—. Tienen mucho dinero y son de mucho apellido. Hasta tuvieron un presidente en la familia, dicen.

Una sirena de una ambulancia los interrumpe, luego se restablece el ruido de los carros.

—Así es. Su hijo Boris ni se imaginaba que su padre tenía una novia —sigue diciendo—. Se lo contó un sobrino de él. Un sobrino llamado Tito. Él le contó a Boris de lo mío con su papá. Y hasta tenía una foto nuestra. Una que nos sacaron a Víctor y a mí en una revista, en la página social... Con eso él se puso a buscar. Y estuvo enseñando la foto en la que yo estaba con su papá a medio mundo hasta que alguien le dijo que era de una bailarina de un club. Y entonces fue a buscarla al Adán y Eva. Creyó que Susana era yo. Boris pensó que ella era yo. Eso fue lo que pasó. Por eso la mató a Susy. Ella murió por mi culpa. Así fue.

—¿Quién te ha contado eso?

Ella duda.

—O sea, es mi conclusión, después de verlo todo.

—Ya, pero eso no basta para culparlo.

Sonia está junto a la ventana. La luz blanca la oscurece, la vuelve irreal. Toca el vidrio frío con la punta de los dedos. Vuelve a sentarse junto a Gómez.

—Ayer mismo, antes de matar a Susy, él le dijo a Tito que creía que la había encontrado. Sabía que trabajaba en un *night club*.

—¿Quién es Tito?

—El primo de Boris Gelman.

—¿Cómo así conoces a Tito?

—Porque es mi amigo. Lo conocí por el señor Gelman.

—Ya. Sigue.

—Boris la mató porque quería vengar la muerte de su padre matando a la mujer con la que se fue. La que había manchado el honor de su familia, eso fue lo que le dijo a Tito. Pensó que la novia de su padre era mi hermana Susy. Me confundió con ella. Susy se parecía mucho a mí y por eso tuvo que morirse.

Gómez suelta el lápiz.

—Vamos a la calle un rato —dijo—. A dar una vuelta.

—¿Adónde vamos?

* * *

Un microbús pasa volando a su lado. Ambos suben al carro de Sonia. Una cápsula alargada de metal oscuro. Dentro, una lujosa exhibición de luces y números en la consola. Durante el camino apenas se hablan.

Al llegar al local bajan las escaleras y se encuentran con un mozo detrás de la barra.

—¿Se sirven algo los señores?

35

—Sí. Quiero que me diga algo —contesta Gómez—. Anteanoche vino un señor acá y se fue con una de las bailarinas. Susana se llamaba la chica. ¿No?

—No sabría decirle, señor. ¿Policía es usted?

—No.

—Lo siento. Vienen muchos hombres. Y también muchas mujeres. O sea, viene mucha gente. Es un local de mucho éxito, señor. Muchos hombres salen de acá con una mujer o con otra. No sé nada, señor. Ella creo que se fue con alguien esa noche, pero no sé quién habrá sido.

—Bueno —contesta Gómez dejando una tarjeta—. Si sabe algo, por favor avíseme. Voy a volver si no me llama.

El hombre mueve la cabeza.

—Muy bien. Si sé algo le aviso.

* * *

Gómez sube al carro junto a Sonia.

—¿Crees que los vio?

—Creo que sí.

—¿Por qué dices eso?

La playa de estacionamiento es un patio resquebrajado. Caminan encima de las piedras y llegan a una pared de ladrillos.

—No sé. Pero creo que sabe de sobra con quién se fue.

* * *

—Cuéntame del día que murió Gelman.

Ella no contesta. Baja los ojos, se queda en silencio.

—Él estaba furioso —dice por fin.

—Contigo, supongo.

—En el hotel nos peleamos. Le habían ido con chismes. Le habían dicho que yo me iba con otro.

—¿Quién le había dicho?

—No importa eso. Era mentira.

La voz le tiembla. El pelo le cae a un costado. Pasa una mano sobre la cabellera varias veces, como tratando de zafarse de algo.

—¿Qué te decía?

—Estaba hecho una furia. Me gritaba. Me decía un montón de cosas. Me acerqué y lo abracé. Se tranquilizó. Hicimos el amor. Y de repente nada. Los ojos se le paralizaron, fue horrible. Como si se hubiera caído dentro de él mismo. Se murió delante de mí. Y yo me fui del hotel, hablé con alguien en la recepción, le dije lo que había pasado y me fui. Le di el teléfono de su casa para que llamara a su esposa. Después supe que, cuando el médico llegó, ya era muy tarde. Víctor había muerto. Ay, Dios mío, cuando me dijeron no sabía qué hacer.

—¿Y tú adónde fuiste del hotel?

—A mi casa.

—¿Cómo conociste a Tito?

—Lo conocí cuando empecé a salir con Víctor Gelman. Era su sobrino preferido. Cuando Víctor murió, él me acompañó mucho. Y un día me contó que el hijo de Víctor, Boris, estaba aquí. «Es medio loco», me decía. «Te está buscando. Tiene una foto de ustedes. Te está buscando para matarte. Dice que tú eres la culpable de la muerte de mi tío Víctor», me decía Tito. «Loco, no. Está demente. Bien demente está. Dice que por ti se murió su padre. Hay que tener cuidado». Yo le preguntaba qué podía hacer. Pensé que podía escaparme. «No te vayas. Yo arreglo esto. Yo lo arreglo». Y lo que pasó fue que Boris la encontró a Susana y pensó que era yo. Eso es lo que ha pasado. Estoy segurísima, segurísima. Eso es lo que ha pasado.

—Vamos a hablar con ese Tito entonces.

Los ojos de Sonia lo observan, descienden, se enderezan otra vez.

—¿Tito? No está aquí. Se fue.

—¿Adónde?

—No sé. De viaje.

—¿Pero a dónde?

—A Ica. A ver a parientes, creo.

Gómez encoge los hombros.

—Entonces vamos a ver a Boris.

—¿Qué?

—Vamos a ver a Boris. Voy a buscar la dirección de Víctor Gelman. Aquí tengo una guía telefónica. Debe estar en casa de su padre, vamos a verlo.

—¿Para qué?

Gómez sube el auto. Ella lo sigue.

—Para preguntarle por qué mató a tu hermana —dice.

—¿Vas a preguntarle así nomás?

—Claro. Yo soy un detective que no piensa mucho —dice Gómez—. Yo pregunto.

Sonia mete las llaves en el arrancador.

—Como tú digas.

El motor suena.

—Antes de que avances hay que aclarar una cosa —dice Gómez—. Mis honorarios por esta semana van a ser de ochocientos dólares. Fuera de gastos.

Sonia abre su cartera.

* * *

La calle va girando en el vidrio. Sonia pisa el acelerador. Tiene las piernas largas y oscuras.

Un policía alza la mano en la esquina. El carro se detiene. Luego supera un ajetreo de baches y corre libre por la avenida Córpac. Dobla por una calle lateral.

—Vamos a la casa de Tito primero —dice Gómez.

—Ya te he dicho que no está.

—Vamos de todos modos. Dime dónde es.

El carro sobrepara y gira hacia la derecha. Va devorando la pista junto a una serie de fachadas, en una calle de árboles. Finalmente se detiene junto a una casa amarilla con un balcón de fierros.

—Es aquí —murmura Sonia.

Gómez baja con ella. Toca una puerta gigantesca de madera.

Una mujer joven con mandil y uniforme verde abre.

—¿El señor Tito? —dice Gómez.

A su costado, Sonia ha retrocedido. Está cerca del carro ahora.

—Ha salido.

—¿A qué hora volverá?

—No sé. Ha salido de viaje. Fuera de Lima está.

—¿No sabe hasta cuándo?

—No. No sé, señor.

Gómez mira a Sonia. Está sentada en el auto.

—Regreso otro día, entonces.

Ella arranca el motor.

* * *

—No sé por qué no me creíste.

—A ver, llévanos donde Gelman ahora.

Cuando bajan frente a la casa, Gómez nota el temblor de sus dedos. Caminan juntos hacia la entrada, él por delante de ella. Dos columnas blancas flanquean la entrada. La puerta es una plancha de madera maciza con un marco de oro. Un hueco metálico está incrustado en el medio. De pronto ella se detiene. Él sigue solo hasta la puerta.

Cuando se abre una franja vertical Gómez ve un trozo de mejilla, parte de la nariz y un ojo negro iluminado.

—Buenos días —dice Gómez.

La empleada abre la ventana. Es una chica delgada, con el pelo alisado y una raya al medio. Tiene un rostro de cera.

—Sí, dígame.

—Con el doctor Gelman, por favor.

—¿De parte de quién?

—Del señor Antonio Gómez.

—¿Es un paciente suyo?

—No.

—¿Es algo personal?

—Es un asunto oficial, de la clínica.

—Un momento.

La chica cierra la ventana. Se va.

—¿Qué le vas a decir?

Gómez oye un crujido de pasos al otro lado de la madera.

La manija gira sobre sí misma como un trompo y de pronto Gómez ve a un hombre de pelo rubio y ojos pequeños. Lo que más va a recordar después van a ser esas formas agudas de las que está hecha su cara.

—¿El señor Boris Gelman?

—Sí.

—Disculpe. Soy Gómez, investigador privado.

El hombre lo observa. Ha puesto las dos manos atrás y está inclinado hacia delante, como un profesor molesto con un alumno.

—Vinimos porque la señorita aquí es mi cliente. La cosa es que ella piensa que usted la conoció a su hermana, sabe.

Las cejas se alzan, retroceden. Una arruga se dibuja en la frente.

—¿Qué?

—El Adán y Eva, ¿no se acuerda? El *night club* de la otra noche. Susana se llamaba la chica. No me va a decir que no se acuerda.

—No tengo ni la menor idea de lo que está diciendo.

—Ya, pues, no se nos haga el tonto, señor Gelman. Usted se fue con esa chica a un hotel, le metió una cuchillada en el estómago. ¿No fue así, doctor? Luego la cortó entre los dedos. Usted es médico, sabía que así la gente se desangra poco a poco. Iba a sufrir más la pobre chica, ¿no? —Gómez baja la voz, tiene los brazos en alto—. Por curiosidad nomás, dígame, ¿por qué, señor Gelman? ¿Por qué hizo una cosa así?

—¿Cómo se atreve?

—No se haga el idiota, señor Gelman.

El rostro se endurece, los ojos se fijan en él, con un cristal de fuego.

—Salga en este momento de aquí, señor. En este momento, salga por favor. Váyase de aquí.

Gómez encoge los hombros.

—La chica, Susy, ¿quiere que le diga una cosa?

Gelman se retira, y mueve la puerta suavemente para cerrarla pero deja una rendija por donde lo mira.

—La chica tenía su gracia —añade Gómez, alzando el dedo—. No era tan mala.

—¿Qué está diciendo? ¿Qué? ¿Qué?

Gómez sonríe. Mueve una de las manos mientras habla.

—Yo vi las fotos. Cortadaza se quedó, señor Gelman. Qué bárbaro usted.

Mientras la cara de Gómez va borrando la sonrisa, las mejillas de Boris se han endurecido.

—Aquí la señorita... —dice Gómez— me cuenta que usted la estaba buscando a ella y no a la otra. ¿No se da cuenta? Usted metió la pata, pues. La que estuvo con su padre fue ella, no su hermana. Usted se equivocó, ¿me entiende lo que le digo?

Gómez ve el brazo de Boris. Adivina que ha estado a punto de golpearlo y que se ha contenido. Sonia da un paso hacia atrás. Boris lo observa fijamente.

—¿Así que no me dice nada, señor Gelman? Usted se equivocó, se lo digo con todo respeto. A la que quería matar era a ella. A ésta de acá.

Gómez sostiene el codo de Sonia, la hace dar un paso hacia delante. Boris voltea hacia ella.

—La verdad es que cualquiera se equivoca. Ellas se parecen, ¿no? Para algo son hermanas, pues.

—Le ruego que se retire, señor. Por favor. Voy a llamar al guardia.

La puerta se cierra con un ruido corto.

—Adiós, doctor —dice Gómez.

Detrás de él, Sonia ha corrido hasta el carro. Gómez se detiene. Voltea hacia la casa. Las paredes blancas, las ventanas de cortinas gruesas, el farol grande y brillante. Lo asalta un pensamiento sombrío. Los asesinos se visten mejor que el resto de la gente.

* * *

La calle avanza. Una turba de peatones camina cerca, como una procesión. La fuente del óvalo florece con chorros blancos y delgados, interrumpidos por los ómnibus.

Sonia mueve las manos sobre el timón.

—Eres un loco. Un idiota. No sé cómo has podido hacer esto.

—No se me ocurría otra cosa. Además nos ha servido.

—¿Por qué?

—Porque creo que tienes razón.

—Él lo hizo, ¿no es cierto?

—Yo diría que sí.

—¿Cómo te diste cuenta?

—Por el método visual.

—¿El método visual?

—Lo vi cómo te miraba. Como si te conociera. No quería cerrar la puerta. Quería seguirte mirando. Eran muy parecidas tu hermana y tú.

—¿Estás seguro?

—No, no estoy seguro, pero lo único que he aprendido a hacer en estos años es mirarle la cara a la gente. Así que por ahora es mi única prueba.

—¿Y qué podemos hacer?

—Tratar de seguirlo.

—¿Y si nos hace algo?

—Peor para él.

—Pero lo hemos alertado.

—Claro. Así va a hacer alguna estupidez. No es un criminal muy experimentado, ¿no? Además, yo soy privado, y no puede denunciarme.

Dejan de hablarse. El carro avanza por Diagonal. Ninguno de los dos se ha preguntado hacia dónde van.

Ella se detiene por fin en una luz roja. Hay un hervidero de autos alrededor. Sonia golpea el timón con un dedo. Por fin acelera. Se pone delante de todos los otros autos. El frío los traspasa. Una masa de neblina junto al acantilado.

* * *

El carro va ganando velocidad, desemboca en el parque y enfila hacia el malecón Armendáriz. La luna delantera va devorando la hilera de asfalto y pasa junto a una plancha de ladrillo, arrasada de manchas. La curva que baja a las playas se acerca y el carro parece querer inclinarse hacia la derecha. La máquina sigue hacia el puente, derrapa junto al sardinel y entra de lleno en la alameda.

* * *

Ahora que ella sigue con el pie en el acelerador, Gómez piensa que cuando lleguen al obelisco tendrá que bajar la velocidad, tendrá que detenerse y que podrán decirse algo. Piensa que entonces él podrá detenerse también a buscar alguna lucidez en ese vértigo de silencio que hasta ahora es el viaje con ella. Pero no baja la velocidad, no quita el pie del acelerador.

Más bien, voltea hacia la derecha y entra por el malecón, junto a la feroz pantalla gris del cielo. El carro da una curva en la neblina y avanza cerca de la galería de edificios y casas a la izquierda. Gómez sabe que esa mujer a su lado, a la que apenas conoce, es sin embargo, durante esos segundos, algo así como su compañera de toda la vida. Su cara está moldeada de un barro que periódicamente se humedece y se petrifica y estalla. En ese instante, hay sólo fragmentos, retazos, interrupciones. Hasta que algo ocurre. Ella le está diciendo algo (una frase que apenas entiende, qué estoy haciendo).

Baja la velocidad y se detiene de pronto junto al acantilado.

El carro está junto a un parque en una cuadra de edificios.

Perdona, tengo que llamar por teléfono, dice ella mientras se baja.

Gómez la ve alejarse. Siente que es su prisionero, contra el inmenso aire gris, encerrado en su auto, en una calle que nunca tuvo la realidad que tiene en ese instante.

A la izquierda hay un edificio de barrotes verdes. Al otro lado, el cielo es un vacío color ceniza.

Gómez se baja del carro, se apoya en la puerta y ve a Sonia aferrada al teléfono. Está diciendo algo y luego cuelga. Atraviesa la calle. Pasa cerca de Gómez como junto a un extraño. Él se queda en su lugar y ella llega hasta el borde del muro, frente al barranco. Está allí, cerca de él, una silueta como una aguja negra contra el cielo pálido. Gómez piensa que tal vez va a presenciar un salto, una caída, la despedida de una mujer que se ha quedado sola. Pero ella no se mueve. Por un momento parece suspendida en la inmensidad borrosa del cielo.

Gómez piensa que quizá algo acaba de ocurrir entre ellos.

Camina hacia Sonia. Debe alejarla del borde.

Cuando la coge de un hombro, apenas tiene tiempo de ver su rostro de hielo.

5

De pie junto a la ventana, con los brazos cruzados, Boris los ha visto irse. ¿Quiénes eran? ¿Cómo habían podido saber lo de su padre, lo de esa mujer? No había duda. Su sobrino Tito. Él. Él se lo había contado.

Ninguna otra persona sabía.

Se equivocó usted, señor Gelman. Era a ésta a quien buscaba.

¿Quién era ese hombre? ¿Era posible que estuviera diciendo la verdad? Debía hablar con Tito. Tito sabría.

Boris vuelve a la sala y marca el número de teléfono. ¿Aló? ¿Tito? ¿Está Tito por favor?

Nada. Se ha ido. De viaje. ¿Hasta cuándo?

Boris camina por la casa. Vuelve a la ventana. No hay nadie. Se queda mirando el lugar donde habían cuadrado el carro.

Va al dormitorio. El ropero, los trajes colgando, el pequeño cajón. Lo abre. Allí, en una caja de piedras incrustadas, una telaraña. El tierno racimo de pelos.

Era el primero. El rastro del pubis de su primera víctima. Su primer tesoro.

Nadie iba a quitárselo.

Era la prueba de lo que había hecho, la prueba de que ella estaba en el infierno.

Prende el aparato de música. Una onda larga, dulce, se extiende sobre la alfombra, recorre el perfil de los muebles, flota sólida en el aire. Pero él sigue viendo al hombre y a la mujer. Era parecida sin duda a la mujer de la primera noche.

¿Tenía razón? ¿Había encontrado a la mujer equivocada? No, no era verdad. ¿Era posible? Entonces, entonces, ¿qué podía hacer ahora?

Tranquilidad primero, hay que tranquilizarse. Ante todo, era obvio que ese hombre no tenía ninguna prueba en su contra. Sólo había querido provocarlo, claro que sí. Claro, claro.

Había venido a disparar un tiro a ciegas frente a su casa. Alguien se lo había contado, él había ido, le había tocado la puerta y lo había repetido en voz alta. La mujer había venido a mentirle y lo había usado a él como ventrílocuo. O él la había llevado a la fuerza. Su propósito había sido medir la reacción de un sospechoso al sentirse descubierto. Pero él no les había dado gusto. No se había movido. ¿Cómo se llamaba? ¿Gómez? ¿Le había dicho que su nombre era Gómez? No era un policía porque habría tenido una orden para citarlo en la comisaría. No era un policía. ¿Pero quién era?

* * *

Anochece. Boris se inclina sobre su madre con una bandeja. La taza tiene un esmalte de flores azules engarzadas en hilos negros. El asa forma un semicírculo por donde la uña rosada se sostiene. Ella toma dos, tres sorbos.

Una escena tranquila, la paz de los objetos ubicados en su lugar, el lugar que les corresponde.

A lo mejor un pintor habría podido hacer un retrato allí mismo: él sentado junto a ella recogiendo su propia taza mientras una palabra suya colorea la exquisitez de esa hora del día. El jarrón azul, las hileras disciplinadas de libros, la diagonal de la escalera a un costado.

Sin embargo la delicada intensidad de ese escenario es un eslabón, piensa Boris. El primer eslabón del vértigo.

La historia para él había comenzado en realidad algunas semanas antes, en Montreal, cuando recibió esa carta.

Querido hijo:

Tengo que decirte la verdad, porque ya no puedo soportarlo más. Tu padre encontró una mujer más joven que yo y se ha ido de la casa. Se ha ido. Es así. Al principio no lo podía creer. Me ha tomado un tiempo comprenderlo. No me parecía posible. Pero es la verdad. Una noche me dijo que estaba enamorado. Enamorado, me dijo. Me acuerdo que estábamos en la sala y él me cogió de las manos. Me lo dijo y se fue. Ese mismo día se fue. Yo no le contesté una palabra. Él me ha llamado varias veces pero no le he hablado. Luego he visto su foto con la otra mujer en una revista. Estaban en una recepción. Los dos sonreían, con una copa en la mano cada uno. Fue algo horrible, pero felizmente mucha gente me llamó para consolarme. No estoy sola. No estoy sola. Él sigue yendo a la clínica. Me da dinero, no hay problema con eso. La clínica marcha bien, tus tíos me ayudan. Creo que él no te ha dicho nada porque le da vergüenza. Siempre dijo que tú ibas a venir a dirigir la clínica, siempre dice eso. Pero ahora no se atreve a decirte nada. Esa mujer que está con él es una maldita, de eso estoy segura. Estoy triste pero no sola ni acabada. Voy a buscar en Dios y en mis oraciones la fuerza que necesito, y estoy segura de que la encontraré. No sé mucho sobre ella. No sé ni cómo se llama. Sólo que es una mujer muy vulgar, con la que tropezó una noche. Por ahora me basta saber que, aunque sea espiritualmente, tú estás a mi lado. Rezo mucho. Te recuerdo y te espero.

Se despide,
   tu madre

Ese día había derramado algunas lágrimas sobre el papel. Desde que la leyó, guardó la carta. La conservaba, estaba escondida en el cajón del dormitorio. La carta lo acompañaba. No me siento sola, recordó Boris, tú estás a mi lado, tú estás a mi lado.

Tengo que volver.

Estoy acá, en un país lejano. Haberte abandonado todos estos años. Todo este tiempo dejarte para venirme aquí a estudiar Medicina y trabajar, dejarte a ti allá, sin tu hijo, sin mí. Es mi culpa esto que está pasando, es mi culpa que mi papá te haya dejado, que esto haya ocurrido es mi culpa. Si me hubiera quedado.

Parecía que había pasado mucho tiempo y sin embargo... Caminar por el cuarto, recorrer la noche de luces heladas, dormir a intervalos, mirar la franja negra del cielo, zambullirse en el agua, enfrentarse al rostro congelado en la ventanilla del banco, un temblor de alivio en la oficina de viajes. ¿Lima? ¿Pasado mañana? ¿Primera clase?

El avión rompe con un suave crujido el primer juego de nubes, y él mira el reloj. Nueve horas. Para ver el rostro sereno, el rostro marcado de dolorosas arrugas de su madre. Para entrar en la neblina eterna de la costa. Para sentarse en el consultorio de paredes blancas.

Las sacudidas del asiento apenas le mueven los músculos de las mejillas. Mientras tanto, brillan las imágenes mudas de una película en el avión: hombre rubio que besa a mujer morena, hombre y mujer que se arrojan a un lago, caras de dientes felices que se abren grotescas acariciándose. Las figuras de colores llegan, distantes. La película ocurre arriba, lejos de él.

Y aún más distante está ocurriendo el cuerpo de huesos grandes y piel oscura, de una aeromoza de cara chupada que le pregunta. ¿Va a comer, señor? ¿Va a servirse? No, no, no, con la cabeza inflamada, con la garganta áspera. No, señorita.

Y aún más lejos, las pálidas curvas lunares del cerro, el agua plateada, la luz de un barquito que está escapando, la mirada oscura de estrellas que anticipa la solitaria ciudad de Lima.

Baja las escaleras, camina bajo el cielo negro y entra al corredor. Cerca, los hombres lo rastrean con esos rostros de piel sucia de fuego: perfiles borrosos, seres mortecinos, animales que pululan en la selva. Cuál es el alma de esos seres, uno de ellos ahora le revisa el pasaporte, vengo a quedarme. ¿Viene a quedarse, señor? Sí, a quedarme. Muy bien, señor, bienvenido, adelante.

* * *

Adelante, sonreía Boris, claro. Sale por la puerta de vidrio oblicuo rajado, un avispero de caritas oscuras se congrega. Allí. Una sonrisa. Es él, Tito.

—Dime. ¿Dónde está mi madre?

La cara de Tito se estira, se llena de arrugas.

—No pudo venir.

—¿Por qué?

—Por tu papá.

—¿Qué pasa con él?

—Es una mala noticia, Boris.

—¿Qué?

Tito voltea hacia un costado, luego al otro.

—Tu papá murió.

Boris se queda mudo. La noticia es irreal, no tiene nada que ver con la cara de Tito, con las paredes del aeropuerto, con el aire lluvioso de la noche. Endereza la cara hacia él.

—¿Cómo dices? Me estás haciendo broma, ¿no?

Tu papá murió. Un ataque al corazón.

—¿Un ataque al corazón?

—Lo siento, Boris. De verdad. Lo siento mucho.

—¿Dónde fue? ¿Cómo?

—Estaba en un hotel.

—¿En un hotel?

—Sí... —Tito dudó—. Estaba con una mujer.

* * *

Y el vértigo había seguido.

Primero un abrazo a su madre, luego la resistencia a sus so-
llozos en los hombros. Esa cara fina de mármol, esa piel de loza
cuarteada. Es lo que ha quedado de ella: una escultura pálida de
pie sobre el humo de las ruinas. Es su madre después del abando-
no y la muerte de su padre, la soledad de una efigie en el palacio
que se desmorona.

—Hijo, Boris —dice una voz.

Boris la abraza.

Y esa piedra rectangular de bordes negros, ese crucifijo neu-
tro de palabras que dicen a la memoria del señor Víctor Gelman,
Lima, la serie de cifras y letras que no significan nada, que no sirven para nada, todo eso es lo que queda. Un hombre de sesenta y
dos años. Un médico de vocación, un caballero. Su padre. Su pelo
rubio, su bigote estirado, sus pies condecorados con escarpines.
Siempre cortés, siempre justo, siempre la casa como una clínica.
El trabajo, la decencia y la rectitud. El niño come a las doce, cena
a las seis y está en la cama dormido a las ocho. Se viste de blanco,
de azul o de lila. No come alimentos que le hagan daño como
salchichas o papas fritas, saluda siempre a todos sus tíos dando la
mano y mirando de frente. Y reza en su cuarto. Y no tiene malos
pensamientos. Y no va a fiestas donde los muchachos toman y
las chicas se insinúan. Sólo el trabajo duro y sostenido te puede
llevar a tener éxitos en la vida, hijo. Estudiar Medicina, como yo,
pero especializarte en los análisis del laboratorio, no sólo ser médico sino ser el director de nuestra clínica algún día. Nunca debes
meterte en política. No vayas a fiestas y reuniones donde corre el
licor y la droga. No cedas a las tentaciones. Ten bien en alto tus

50

principios. Tú eres mi único hijo y vas a dirigir la clínica. Cuando vuelvas al Perú, hijo. Cuando estemos aquí todos. Sí, papá.

Ahora había vuelto para que esas palabras flotaran alrededor de una lápida.

* * *

Esa noche, en la casa, después de llegar del aeropuerto, le ha dado unas pastillas a su madre.

Atraviesa el corredor, cruza su espejo plateado y llega a la sala de alfombras. Su primo Tito está allí.

—Esa mujer. Mi mamá me ha dado esta foto que salió en la revista. Dice que tú la conoces.

—Es una mujerzuela, Boris. Está metida con gente muy maleada. Mejor no te metas a buscarla.

—¿Cómo se llama?

—Ni sé.

—¿Dónde está?

—¿Pero para qué quieres saber?

—Quiero saber.

—¿Y qué vas a hacer?

—Cosa mía.

Tito mueve la cabeza.

—No hagas tonterías, Boris. Quédate tranquilo. No hagas tonterías.

Boris se eleva, lo empuja contra la pared y le rodea la garganta con la mano. En el proceso, voltea la mesa donde hay una jarra que estalla.

—Boris, por favor. Por favor —dice Tito con un resto de voz.

—La mujer. La de la foto, ¿dónde está?

—Ya tranquilízate, pues.

Boris apenas siente la respiración del muchacho.

—¿Cómo se llama?

Encoge los dedos sobre la piel escamosa.

—Espera un ratito, Boris. De verdad que no sé. Es una mujerzuela. Pero no sé. Puedo averiguar si quieres.

Boris lo suelta. Tito se reclina en la pared. Lo mira con los ojos inyectados.

* * *

Había llegado al lugar después de una espera de varios días. En ese *night club*, el Adán y Eva. La mujer que había destruido su familia.

Estaba allí. El mozo le había dicho que esperara.

¿Por qué? ¿Por qué? Un témpano de ira había cobrado la forma de sus brazos. Era el agente asignado para una empresa. Solo tenía que darle curso. Cumplir una misión. Un cartero que va a dejar una carta urgente al mundo, es un mensaje sencillo. No vamos a tolerar por más tiempo la injusticia, la indecencia, el engaño y la muerte de personas honorables.

Esa mujer. La había encontrado, la había llevado al cuarto y lo había hecho. Una operación de cirujano.

Y después una especie de tranquilidad al día siguiente. Y después esa otra mujer de amarillo a la distancia, en la avenida. Y después esta pareja que de pronto lo sabía todo. «Se equivocó usted, señor Gelman. Era a ésta, no a su hermana, a la que quería matar. Así es, señor Gelman, se ha equivocado».

Era mentira lo que decía, no podía ser cierto. Esa noche él había encontrado a la puta. Se lo había dicho Tito. Era falso lo que decía ese hombre.

¿Pero cómo había podido saber ese hombre lo de su padre? ¿Cómo sabía tanto? Una sensación de vacío y de lástima le cubre la piel.

Ese hombre no puede hacerle nada. No puede.

Siente una energía creciendo en los brazos. Se mira las manos, parecen tan grandes y decididas.

El placer de ver el cuerpo de esa puta ensangrentada lo recorre otra vez. Un placer que le relaja los músculos. Una necesidad de sus manos.

La cara de la mujer de amarillo que le robó, lo dejó en el piso, regresa hacia él. Oye la risa larga y salvaje. «Das pena, pobrecito, das pena». Tenía que buscarla otra vez, buscarla. A ella, a otras. Seguir. Seguir. Seguir. Otras mujeres. Otras mujeres como ella.

La sed de ver morir a otras mujeres como ella, como la primera. Sus ojos alimentados por el horror, por la vergüenza, por la pena de ver a su madre así. Otras mujeres.

Había vuelto a Lima. Una ciudad, una selva. Veredas rotas, oscuras, donde vagan seres sombríos y malignos, mujeres enfermas de deseo sexual. Las figuras ruidosas de las noches, allí estaban. Ese era el infierno que había acabado con su padre.

Tener que buscar a otras putas como ésas, evitar que volvieran a derribar a hombres dignos. Era el agente llamado a protegerlos. Buscarlas en las calles.

Empieza a golpear el piso con el pie. Un solo mensaje repetido, un solo ritmo. Esta noche, esta noche. Iba a empezar otra vez esa misma noche.

6

—¿Vas a salir hoy también?

Carmela Lazo baja el pincel. Se alisa el traje rojo, y lo plancha con las manos. Se mira en el espejo roto de madera.

—Claro. Hoy me toca salir.

Tristán se sienta cerca. Una parte de su boca aparece en el espejo. Tiene los ojos desmesurados y el pelo azabache recortado como un casco.

—¿Pero por qué no te quedas?

—Me toca salir.

—Pero quédate. Te invito, pues.

—¿Me invitas? ¿Adónde me invitas, negro?

Carmela se pinta los labios, los junta, ve dos membranas frescas. Luego se va espesando las pestañas.

—Un chifita aquí nomás. Acaban de abrirlo. Aquí nomás, en la esquina.

Carmela ve la boca de Tristán agitándose mientras habla. Una mano enorme pasa por encima de su cara, como un trapo mojado.

—Otro día mejor —dice ella—. O más tarde si quieres.

Baja el pincel y se mira. Busca en el cajón.

—Voy contigo entonces.

—¿Quieres venir?

—Sí, voy contigo.

—Ya, pues.

Saca una escobilla roja y se peina.

—¿Asado estás, negro?

—No.

—¿Y entonces?

—¿Y entonces, qué?

—¿Por qué estás así? Molesto parece que estás.

La cara de Tristán desaparece del espejo.

—No sé. Quería estar contigo hoy.

—Si quieres después vamos —dice Carmela—. A ese chifa, si quieres.

—¿A qué hora?

—A la hora que acabe, pues. ¿Qué hora va a ser?

* * *

El corredor se alarga hasta disolverse en una neblina limpia. El cuadro de San Sebastián al fondo parece flotar en la bruma.

—Madre —dice Boris—. Madre, ¿estás allí?

Un hilo de voz que corta el aire inmóvil. Boris empuja la puerta de madera. Avanza. Entra a un corredor negro.

Llega hasta el final, bañado de luz. Cuando está cerca de la puerta, se detiene. Trata de sonreír.

Su madre está sentada bajo una lámpara. La luz enciende su cara. A su alrededor todo está oscuro pero su cuerpo brilla. Es una efigie viva. Una trenza blanca crece y se descuelga por el hombro como una vena. Boris se sienta. Su madre alza la cabeza. Los ojos clavados en el mármol de su rostro.

—¿Oíste unas voces?

—Sí.

—Eran unas personas que vinieron a tocar la puerta, nada serio.

—¿Qué querían?

Boris la toma de las manos, le aprieta los dedos fríos.

—Nada. Me preguntaron cosas.

—¿Qué?

—Querían hablarme de pasajes de la Biblia, salvarme el alma. Pero no los escuché.

—Quieren explicar lo que está clarísimo. La Biblia es muy clara en lo que dice.

—Así es.

—Amar a Dios sobre todas las cosas.

—Sí.

—Y amar a tu prójimo como a ti mismo.

Boris la ve recostarse sobre la cama.

—¿Te sientes bien? —dice.

—Un poquito cansada, pero bien gracias a Dios.

Su madre baja los ojos.

—Voy a salir un ratito —dice Boris.

Ella levanta la cabeza. Boris se estremece.

—Bueno, pero cuídate. No te vayas a enfriar.

Boris se para.

Pasan algunos segundos.

* * *

Al sentir el viento, lo invade una especie de alegría. Encima de él, ha anochecido.

Camina lentamente, por la ruta prevista. Sale a la avenida Larco y luego al óvalo. Los zapatos negros iluminados avanzan. Tac, tac, tac. El tambor preciso, las pausas justas. Siente que ha impuesto un ritmo sostenido sobre el rumor del tráfico, doblegar el caos con el método de sus pisadas.

La avenida Arequipa. A su lado hay un infierno. Autos desteñidos, microbuses que humean, una carretilla de botellas de polvo. La desordenada suciedad del mundo.

Tal vez ha pasado dos horas caminando.

Sigue en la vereda central de la avenida Arequipa: a sus espaldas las palmeras cerca del Orrantia se balancean.

Sigue de frente por la avenida Arequipa. Ve avisos bochornosos de muchos colores. Institutos, tiendas, pequeños hoteles. Por fin mira a la izquierda. La calle Canevaro es un túnel, matizado por una nube mortecina de luz. Avanza. Llega a un sucio esqueleto de neón sobre una puerta. Es un club nocturno. Hay un letrero afuera: abierto a partir de las nueve. Las escaleras rechinan como agonizando a sus pies. Una barra oscura de madera, iluminada por tubos verdes. Una catedral de botellas en la pared. Boris se sienta frente a la barra.

Enciende un cigarrillo. Huele el aire caliente a su costado.

—¿Me invita a tomar algo, caballero? —dice una voz ronca.

La mujer es una negra de cara tosca y ojos grandes.

Tiene un vestido rojo y luminoso que cuelga muy suelto y su pelo parece un trapo arrugado. Las piernas se aferran a la banca de hierro. Un lazo le cuelga, como un murciélago muerto, en la cabeza.

Le está sonriendo ahora. Le está sonriendo.

—Hola —dijo Boris—. Claro que la invito, señorita. Claro que sí, claro que sí. Claro que sí. ¿Cómo se llama?

La mujer aspira el cigarrillo.

—Carmela. ¿Y tú, mi amor?

* * *

La conversación dura poco. Ella le ha propuesto estar juntos, ir a un hotel cerca y pasar un rato maravilloso que no vas a olvidar, mi vida.

Salen al aire helado. Durante el camino ella le sonríe. Ahora entran al cuarto: la cama es de barrotes y tiene una frazada roja. Él saca un billete y se lo deja.

Boris la ve enrollar las piernas, sacarse los zapatos y luego levantarse la falda hasta mostrar un sombrío fulgor sucio. El oscuro centro estalla, un volcán de bilis negra. La mujer se quita el vestido y luego se para sobre la cama.

—Ven.

Boris se quita el saco, se echa boca arriba. Ella se agacha sobre él. Sonríe. Su piel despide un olor.

—¿Te gusta así? —dice ella.

El cuerpo negro se enrosca y se queda en cuclillas, como un enorme grillo sobre él. Sus labios se mueven lentamente por el pecho de Boris, las manos le abren la camisa, y llegan hasta su cuello. Allí le murmura unas cuantas palabras atroces.

Entonces Boris la coge de la muñeca y la lanza contra el suelo.

Entonces la mole de carne negra da una voltereta en el aire, rebota en la cama y va a estrellarse. Boris ve los ojos malditos de la mujer. La oye pronunciar un insulto. Luego, un grito.

Salta sobre ella y busca en el bolsillo.

Siente la cabeza a punto de estallar. Luego todo se cae. Alguien ha entrado al cuarto y acaba de golpearlo.

—No la trate así, pues, señor.

La voz viene de una estatua negra que se eleva junto a la puerta.

Con un solo movimiento, Boris saca el cuchillo y lo hunde en la pantorrilla del hombre.

El cuerpo a su lado se derrumba. Detrás aparece la puerta abierta. Boris ve salir a la mujer que se ha cubierto con la sábana. Al ir tras ella pasa por encima del bulto.

Boris baja las escaleras del edificio, pero cuando llega a la puerta se detiene. Ha olvidado su saco en el cuarto. Vuelve, lo recoge, mira al hombre tendido y sale a la calle.

Boris ha saltado las escaleras de dos en dos, ve la sombra de piel negra, oye el tambor ligero de sus pies. De pronto se encuentra en el suelo.

Un dolor le palpita en la sien, le irradia un costado y se paraliza en una pierna. Desde el suelo ve que la sombra se va borrando en el fondo de la calle.

Se levanta. El dolor amaina. Empieza a caminar.

Boris se detiene. Una masa de fierro se estaciona junto a él. Un carro blanco de manchas. Un faro, una columna de luz. Boris levanta la mano.

* * *

Al llegar a la calle, Carmela Lazo siente el frío corriendo sobre su piel. Oye sus gemidos de terror, siente su cuerpo desnudo bajo la tela. Está mirando los puntos de luz al fondo de la pista. Aferrada a la sábana que cierra con las manos por delante, ha empezado a correr. Oye el golpe blando de sus pies en el cemento. Sólo espera llegar al fondo de la calle, entrar a su casa y cerrar la puerta. Un hombre blanco. Ella siempre había tenido miedo de que llegara este día. Un hombre blanco había llegado para matarla, así como le habían dicho una vez. Es el hombre que le dijo la bruja que iba a venir un día por ella. ¿Cómo así ha venido ese hombre?, piensa. ¿Es un ángel o un diablo o es Dios?

Falta aún mucho para llegar a la esquina y debe pasar junto a varias casas de rejas polvorientas, garajes, carros abandonados. Una llovizna de puntas minúsculas, un corredor de cemento, una luz amarilla en el poste.

Detrás de ella, los pasos suenan otra vez, suenan cada vez más fuertes. Es él, es él, es el hombre blanco. Ese hombre que acaba de matar a Tristán. Su novio, Tristán que la había ayudado tantas veces y al que ella le había dado siempre una parte de lo que caía. Acaba de matar a Tristán y ahora la persigue. Algún día iba a llegar, según la bruja le había advertido en una de sus tantas visitas. Un día vendrá un hombre y destruirá tu precioso cuerpo negro, Carmela, le había dicho. No puedes escapar: uno de los tantos que te lleves a la cama vendrá a matarte. Está escrito.

Estaba escrito, como estaba escrito todo. El día que llegó a Lima, diez años antes, se había bajado del ómnibus y lo primero que vio fue una india mendigando con su hijito amarrado en las espaldas.

Ese día su madre que en paz descanse le había dicho nunca quiero verte en esa pobreza, nunca. Y nunca la había visto porque ella siempre había aprendido a chapar dinero de lo que veía a su alrededor. Había sido una mujer de los hombres siempre, les había enseñado su cuerpo sabiendo que ellos nunca iban a ver su alma. Les había enseñado su cuerpo y a ellos les había bastado. Habían usado su cuerpo como les había dado la gana pero a cambio de dinero siempre.

La habían golpeado también, duro una vez le habían dado, pero Tristán siempre la había curado. La habían insultado, habían magullado sus piernas, algunas veces la habían amenazado con cortarla, pero ella siempre había salido suave. Había salido para poder seguir con su vida, a la misma velocidad con la que corría ahora. Para poder seguir huyendo; huir de su infancia de allá, huir de un dormitorio de ladrillos, de un padrastro que se la metía riéndose y apestando, huir de esas noches de siempre en las que nadie comía en casa, huir de la ropa con huecos, de los zapatos rotos, de la soledad de una noche sola con el hambre quemándole en el estómago, el silencio de estar una mañana sentada con el estómago ardiendo de hambre, ese silencio de no saber qué hacer, no saber dónde ir para acabar con el ruido del estómago, el gran ruido de la pobreza, huir de todo eso que era la miseria de allá para llegar a Lima y meterse en su casita con su mamá y su tía y desde entonces alimentarlas con su cuerpo. Siempre así, negra, siempre habías salido bien, pero ahora habían matado a su Tristán y ese hombre blanco había salido detrás de ella, ahora.

No puede seguir corriendo. Se detiene. Los pies ardiendo, la sábana húmeda, los ojos clavados. Está en una esquina, cerca. Voltear y llegar al club. Mira hacia atrás. Nadie. Nadie.

Sabe que si llega al club, donde está la luz, puede entrar allí, puede encerrarse. Ese hombre de atrás no podría seguirla. Si pudiera llegar a la luz, si los pies aguantaran, si pudiera alcanzar la puerta del club...

Da un último tranco y voltea: la calle está vacía. Siente un ruido en el estómago. Nadie, nadie.

Algunas líneas de sudor resbalan por los costados. Camina deprisa hasta la esquina y voltea a la derecha. Ve las luces de neón. Allí podría encerrarse. Corre, se detiene y mira otra vez hacia atrás.

Entonces la calle se retuerce frente a ella. Carmela siente que una mano la agarra del cuello, que un filo caliente entra por su estómago y que todo su cuerpo empieza a romperse de dolor. Entonces sus rodillas se doblan y su cabeza se ve viajando como un bólido hacia la vereda: allí en el cemento aparece el rostro de su madre esperándola. Se va a morir tal como la bruja le había dicho, en manos de un hombre blanco que iba a venir a matarla, según estaba escrito.

—Mierda —grita.

Una luz blanca la atraviesa. Siente los labios golpeando el cemento.

7

Ya lo ha hecho. Ha terminado.

Se siente, ¿cómo explicarlo?, algo aturdido. Le corta algunos pelos, los envuelve en un papel y los pone en el bolsillo.

Aturdido, feliz. Un relajo en los músculos. Pero el dolor en el pie lo paraliza.

Si ese taxi no lo hubiera recogido...

Camina rápidamente. El pie se asienta. El dolor amaina. Al llegar a la vereda se para. Se mira las manos. Por primera vez se da cuenta de las manchas de líquido.

Las manchas. Los pelos. La prueba, la recompensa. Ha cumplido.

Los pasos seguros en la vereda.

Está frente a una casa. Un caño sobresale de la pared, como una estaca. El agua se escurre por las manos y cae con un chasquido en el cemento. Se frota los dedos. Los ve blanquísimos ahora, casi albinos. Derrama un poco más y siente el frío. Le tiemblan las mejillas. Ya pasó ahora. Del bolsillo sale un pañuelo.

Camina por la acera; planchas de cemento resquebrajadas, rejas curvas, un follaje negro. Ve un túnel. Allí los carros que zumban a su costado desaparecen de pronto. Hay un edificio de polvo y aluminio a su derecha. Una luz helada ilumina un espectro. No es un espectro. Es alguien que camina hacia él. Tiene un traje iluminado. ¿Seguirla? No. Hoy no. Basta por esta noche.

La sombra desaparece. Hay un panel de luces. Entra, se sienta en una mesa. Es una cafetería.

¿Por qué ha entrado allí? No es lo más razonable teniendo en cuenta lo que acaba de hacer. Pero está tan feliz. Quiere festejar. Tiene hambre. Quiere comer algo.

A su lado hay una melancólica congregación de parroquianos. Todos están sentados, tienen platos humeantes, cestas de pan, botellas de cerveza. Boris apenas los ve. Quiere celebrar consigo mismo.

Un mozo con mirada de pez se le acerca. El labio inferior se cierra encima del otro.

—Un helado de vainilla —dice Boris.

Mira hacia fuera. La sombra de la calle está otra vez allí. Es una mujer. Una mujer. Recorre el aire nebuloso.

El mozo se acerca, dice con permiso, señor, deposita un plato con una bola de helado. Boris escarba sobre la masa. Tiene un ligero sabor acaramelado, pero está mejor de lo que pensaba. Siente el frío que se deshace. Necesita recuperar fuerzas, piensa.

Saca un billete, lo suelta y le hace una venia al mozo.

Afuera está arreciando un polvo de lluvia. Baja por una escalera. De pronto la ve otra vez. Es una figura esmirriada que cobra forma. Ve aparecer una cara de boca roja ahora. Un pantalón negro y una camisa amarilla. Es otra sombra de esas.

Boris tiene miedo. Esa sombra sabe lo que acaba de hacer. Viene con una misión. Va a vengar a la mujer. Va a matarlo.

Agacha la cabeza ahora. Escapar. La sombra lo va a perseguir, piensa. Baja por el túnel. Empieza a correr.

Al salir se detiene junto a las palmeras. Nadie puede hacerle daño. Mientras él siga con los seres lentos y oscuros, con esos de los que nadie se acuerda, no van a buscarlo. Está protegido. Nadie echa de menos a esos monstruos. Y ha matado al hombre también, piensa.

Boris mira hacia atrás y sigue caminando.

* * *

En el cuarto del hotel, Tristán abre los ojos.

Levanta la cara perlada de sudor. No hay nadie. ¿Dónde está el hombre, dónde está Carmela?

Tristán ha dado un salto y está bajando las escaleras de dos en dos. El dolor en la pantorrilla lo detiene, lo hace cojear. Al llegar a la puerta siente un espasmo en la espalda. Se apoya en la pared, el aire de la calle lo golpea.

¿Cuánto tiempo ha pasado?

—Carmela, Carmela —dice.

Tristán mira hacia delante. Una luz en la pared. La carrocería oxidada, inmóvil. Un perro flaco de patas largas camina por la pista. Tiene una mancha de barro en el costado.

Empieza a correr. El pantalón le pesa. Sólo entonces comprende que está sangrando, que no ha dejado de sangrar desde que ese gringo de ojos oblicuos le clavó una aguja en la pierna. Mira la línea de gotas rojas que avanza sobre el cemento.

Llega a la esquina. Algo se mueve.

Unos faros ominosos atraviesan la avenida. Baja del sardinel. Nada. La misma calle, el poste amarillento, la luz miserable, otro par de faros en la oscuridad. Comprende que está en Arenales ahora. Siente un peso distante, una de sus piernas se arrastra, a lo lejos.

El destello de un automóvil cerca.

Tristán se cae, se queda echado en el cemento, el dolor no lo deja moverse.

Piensa que se va a morir sin saber lo que pasó con Carmela.

Tal vez la encuentre allá. Se inclina hacia delante. Cae otra vez. El carro pasa. Siente el temblor de la pista. ¿Dónde está?

Un poco más tarde, se detiene. Ve la carne negra y roja cubierta de polvo. El poste le ha dejado ver la boca encogida del cadáver. Allí está. Es ella.

—Carmela, Carmela.

La piel aún está tibia. Tristán se saca la camisa y sostiene la cabeza de ojos petrificados, recoge el cuerpo tratando de abrazarla con una mano. Carmela, Carmelita, chiquita, chiquita linda.

La carga, siente la humedad de la sangre. En la avenida Arequipa dobla a la izquierda. A la Asistencia puede llegar, piensa.

Los faros pasan a su costado.

De pronto hay algo a su izquierda. Un resplandor. Tristán cae hacia atrás. Un hombre se ha bajado de un auto.

—¿Qué haces, negro?

Mira otra vez. ¿Es él? Sí, es él. Es su amigo Pacheco, el policía del barrio.

—Me la cortaron. Ayúdame, cholo.

—Sube. Rápido. Sube.

Se desliza en el asiento con el cuerpo entre los brazos. Una música de sirena los está llevando hacia un médico, alguien que puede salvar a Carmela. El carro sigue, sigue, pero no llega nunca. Hacia dónde van, tan lejos de allí.

Han parado. Pacheco abre la puerta, ahora lo ayuda, ahora él sale del carro abrazado al bulto, sube una rampa. Están en un cuarto, frente a un hombre de blanco y una camilla. El hombre abre los ojos.

Tristán sostiene a Carmela sobre la tela blanca.

—Sálvala —grita mientras la desliza sobre la mesa.

Toca el piso con la rodilla.

El hombre tiene el mandil ensangrentado. Mira a Tristán, mira a Pacheco, baja la cabeza.

—Esta mujer se ha muerto hace un buen rato —murmura—.

¿No le ven la cara que tiene? Y miren la incisión en la barriga. Mírenla nomás cómo la han dejado.

* * *

Pacheco se acerca a Tristán.

—Está fría, zambo. Mírala ¿No te das cuenta? Ya el doctor se fue. La van a llevar ahora —dice.

—¿A dónde van a llevarla, cholo?

—A la morgue, pues. Allí se llevan a los que se mueren así. Tenemos que irnos de aquí.

—Yo me quedo.

—Pero vas a estar aquí solo, aquí no hay nadie zambo, y tienes que cuidarte la pata. Ya no hay nada que hacer.

—No me voy a ir, cholo.

—Pero no te puedes quedar, ya te han dicho que te vayas a tu casa.

Pacheco se sienta en el banco de madera. Tristán está a su lado, las manos colgando.

—No sé qué voy a hacer, cholo —dice Tristán—. ¿Quién le hizo esto a la Carmela?

—Allá en la comisaría vamos a ver, vamos a chaparlo. Quien haya sido, zambo.

—Yo le vi la cara. Le vi la cara al tipo. Yo le vi la cara, puta madre. Pero me dejé que él me metiera la navaja.

—¿Cómo era?

—Un flaco, blanco, de ojos chiquitos, medio rubio él. ¿Quién sería? ¿Quién sería, compadre?

—Ya vamos a ver mañana. En la comisaría, zambo.

Un silencio. Tristán ha bajado la cabeza.

—¿Te puedo pedir un favor, compadre?

—Sí.

—¿Puedo ir a tu casa ahora?

—Sí. Sí, claro, pues.

—Es que en el cuarto están todas sus cosas de ella. No quiero regresar para allá, cholo. No quiero ir allá solo, están todas sus cosas, su ropita, sus perfumes, todas sus cosas, me da pena, mucha pena me da. Compadre...

—Ya, zambo. Ya está bien. Vamos a mi casa. A ver, levántate ahora. Yo te ayudo. Vamos, zambo. Ya no llores, no llores, imagínate que la Carmela te viera así. Vamos a atraparlo. Ya no llores, negro.

* * *

Las llaves hacen un ruido de cascabeles mientras el manojo gira entre sus dedos. Boris está tocándolas, una a una. La puerta de madera tiene un ojo minúsculo, un hueco de metal y vidrio. Me están mirando, piensa.

Las manos siguen en su trajín; por fin la llave brilla junto al dedo índice.

Cuando Boris entra al escenario de sombras de la sala, se siente a salvo. Entra en el baño. Cierra la puerta. Se derrama agua en los brazos y la cara. Luego se seca con movimientos rápidos. Empieza a sudar.

Se recuesta. Hay una paisaje entre la bruma delante de él: las sillas de fierro delgado y blando, la enredadera iluminada de flores, el gran mueble junto al espejo. Una infancia feliz.

Sube las escaleras ahora, camina por el corredor lentamente, y llega a la puerta. La empuja de un solo golpe.

—Hijo... hijo.

Boris entra al dormitorio de su madre.

—¿Estás bien?

—Sí, sí estoy bien.

Se sienta. El camisón cuelga bajo las frazadas y deja ver los senos gruesos y largos. La trenza blanca aparece, enorme.

—¿Te he despertado?

—No. No podía dormir.

—Bueno.

—Estás sudando —dice ella mientras se dobla para ponerle una mano helada en la mejilla.

—Estuve haciendo ejercicio, mamá. Voy a acostarme ahora. Que duermas bien, mamá.

Boris la ve moverse hacia el borde. La lenta rotación del cuerpo deshace las frazadas y las deja en un torbellino inmóvil.

Un silencio se alarga, se cristaliza, luego llega el ruido de las piernas revolviéndose en la cama. La cara de su madre tiene una superficie de mármol. Una sonrisa va abriendo las facciones y luego se congela en una mueca de sueño. Él presiona las dos manos sobre las frazadas. Siente su cuerpo dulce y tibio.

—Que duermas bien tú también, hijo. Hasta mañana.

—Mañana vamos a tomar desayuno juntos, mamá. Y después podemos salir a pasear.

La ve recostarse.

—Qué bueno que llegaste. Estaba preocupada. Que Dios te bendiga.

—Que Dios te bendiga, madre.

El reloj sobre la cama mueve una astilla y da en el punto. Son las once.

Boris se levanta y camina hacia la puerta.

Presiona dulcemente con la mano. La puerta se cierra sin hacer ruido.

Baja las escaleras. Va a la cocina. En la alacena hay una botella de Valpolicella. La ola de líquido rojo estalla en el fondo del vaso y rebota en una flotación violenta.

Siente una bruma en los ojos. Se sienta. Una presión en el estómago.

Camina en un círculo. Lo asalta una duda. ¿Habría aprobado realmente su madre lo que hizo? No sé. ¿Habría aprobado? Piensa subir a preguntarle. Pero levanta el vaso. La dulzura roja del vino en el estómago.

Sí, sí. No se lo va a decir. Pero su madre habría aprobado, piensa.

Abre la ventana. En la miserable llovizna, apenas se ven los árboles. Puede ver el misterio de la crueldad detrás de ese velo, en el movimiento de unas sombras.

Respira. Siente el placer del frío.

Los cajones de los edificios. Allí, en dormitorios apenas iluminados, respira la triste carne desnuda de los hombres. Los cuerpos echados en el atroz altar de algunas camas, camas pequeñas de resortes oxidados. Allí hay hombres buenos y dignos, entre paredes borrosas, tapados por esas cortinas. Allí en esos cuartos esos hombres son destruidos por los engaños, las traiciones, las mentiras de algunas mujeres de piel oscura. La tristeza de esos cuerpos desgastados por el sexo, las alucinaciones del placer los han perdido para siempre.

Pero ahora, ahora, ya no iba a ser así. Él estaba luchando por evitar que esa desgracia triunfara, dice. El espejo lo muestra, apenas su rostro, una sombra que se ha ido.

8

Gómez enciende un fósforo y la luz ilumina los ojos marrones. Están en la sala de su casa. Sonia aspira el cigarrillo.

—No pareces detective —dice ella—. ¿Cómo así trabajas en esto?

—Me aburría. Me metí en la policía para entretenerme.

—¿Para entretenerte?

—Había entrado a estudiar Derecho pero me aburrí rápido. Luego estuve en un periódico, en la sección policial. Conocí a algunos policías que me dijeron que iba a ganar más y a divertirme con ellos. Entré a la escuela de oficiales, trabajé un tiempo y me ascendieron a mayor. Luego entré en un puesto administrativo pero los seguía ayudando a resolver algunos crímenes. Me gustaba interpretar las pistas. Estuve un buen tiempo allí. Pero me aburría también. Hice amigos. Me tenían respeto. Cuando me fui de allí, empecé a trabajar como detective por mi cuenta.

—¿Y cómo te dieron mi caso?

—El coronel quería ayudarme y por eso me dio tu caso. Para ganar algo de plata, nada más. Pero me alegro.

—¿Por qué te alegras?

—No sé.

Pasa un rato. No se hablan. Una sirena de ambulancia suena al fondo de la ventana.

—Es increíble todo esto.

—¿Qué?

—Primero que se muriera Víctor. No puedo creerlo todavía.

Gómez encoge los hombros.

—Si le dio un infarto, no es tan increíble.

—¿Te parece gracioso?

—No.

—¿Crees que tuve la culpa de lo que pasó?

—¿Tú crees eso?

Ella se para. Sus tacos presionan suavemente la alfombra. Por fin se detiene cerca de Gómez. Se sienta en el suelo, con las dos rodillas por delante y la falda recortada en los muslos.

—No me culpo. Pero...

—Sígueme contando de él.

Hace una pausa. Se sienta. Estira las piernas.

—Era un buen hombre. Los meses que estuve con él, creo que nunca lo vi hacer nada malo. Un santo era.

Gómez la ve sonreír.

Hay un brillo nuevo en sus ojos.

—Cuando se separaron, su mujer le dijo una cosa.

—¿Qué?

—Que yo acabaría por matarlo. Tenía razón. Es gracioso, ¿no? Su esposa tenía razón. Así le dijo.

—No creo que a él le parecería gracioso.

Gómez absorbe el líquido. Después de su declaración, Sonia reclina la espalda contra el sofá.

—De todo te gusta hacer broma, ¿no?

—No. Disculpa. Sígueme contando.

—Bueno. La verdad es que al comienzo, cuando lo conocí, él no me importaba mucho tampoco. Aunque... en realidad... luego le tuve mucho cariño. Él no tenía ni idea de lo que yo estaba haciendo. Yo estaba con él por su dinero, nada más. Era así, pero luego, no sé, me pareció un hombre tan tierno, tan bueno, era tan caballeroso conmigo. Creo que nadie me ha tratado nunca así. Sus modales me arrechaban, ¿sabes? Yo quería contárselo a alguien. A mi hermana Susy por ejemplo —dice Sonia—. A ella siempre se lo quise contar.

Gómez apenas sonríe.

La cara de Sonia despide una sombra aguda. Hay una organizada ansiedad en sus facciones. De pronto se endurece. Parece disolverse en una máscara. No hay rencor, ni melancolía, ni afecto por su hermana en esa cara. Un vacío de emociones, como el rostro de una muñeca.

—¿Y por qué no le contaste?

Un susurro le contesta.

—No sé. Siempre le quise contar a ella, le quise contar lo que estaba haciendo. Susy habría entendido lo que yo estaba haciendo con Víctor, sabes. Ella también quería tener un poco de plata. Ella era como yo. Sólo que no la supo hacer tan bien. Se fue por la fácil, a bailar en un local. A meterse con hombres que encontraba por allí. No la supo hacer, fue una idiota. No sé por qué hizo eso. Se metió a bailar y a putear en un local. Quería tener plata, tenía desesperación de no tener dinero. En eso era igual que yo. Pero yo lo encontré a Víctor. Un hombre bueno y cariñoso y con dinero. Dime, ¿acaso está mal eso? ¿Querer un poco de plata? ¿Ya no querer ser siempre pobre? ¿Y hacer feliz a un hombre?

—No me parece mal.

—Bueno, cada una se metió en lo suyo. Lo malo es que...

—¿Qué?

Sonia vacila.

—El mundo está muy ocupado en sus cosas para darle a cada una lo que merece. Por eso cada una tiene que buscarse la suya. Nosotras no queríamos ser pobres. No lo aceptábamos. No podemos permitirnos ser tan morales. Ya no...

Mira hacia la ventana. Su cabeza parece estar suspendida entre las luces.

—Ella conoció a toda esa gente del club Adán y Eva —sigue diciendo—. Estaba muy maleada. Le dije que se quitara de allí pero no me hizo caso. Después me dijo que ya lo iba a dejar. Se molestó un poco. Pero no quería ser pobre toda la vida. Era eso, nada más.

Un ruido de camión la interrumpe. De pronto se hace el silencio otra vez.

—Nadie quiere ser pobre —dijo Gómez, sintiéndose algo tonto—. Cuéntame más de cómo conociste a Víctor Gelman.

Su voz salía en un susurro.

—Cuando lo conocí en una fiesta, pensé que era mi oportunidad. Hay ciertas cosas, hay cosas que un hombre tan educado como él no sabe. Me di cuenta allí mismo. Yo había ido a la fiesta con otro pata. Cuando lo vi a Víctor me sorprendió. Era alto y distinguido, un poco mayor. Tenía buena pinta. Parecía un hombre muy serio. Se vestía muy elegante además. Pero también se le veía medio inocente. Un caballero, un caballerazo. Nunca había hecho nada malo, eso parecía. Seguro que nunca le había sacado la vuelta a su mujer. Pero no era feliz. Y se veía que tenía plata. Un buen par de zapatos, un buen terno, un prendedor en la corbata. Mucha plata tenía el señor.

Se detiene.

—¿Así que te acercaste a él? —preguntó.

—Ese día yo estaba bien vestida. Me había puesto un traje y un collar. Estaba bien peinada. Me acerqué a él, le dije cualquier cosa y él apenas me contestó. Pero me averigüé su dirección. Me dijeron que era médico. Y eso fue lo mejor.

—¿Y cómo empezaste a salir con él?

—Un día me fui a verlo a la clínica. Hice una cita para su consulta. Le dije que tenía unos dolores muy fuertes en el estómago. Me mandó unos análisis. Volví donde él. Nos vimos varias veces en su consultorio. Hablamos de mi estómago pero también de mí. A lo mejor eran las tensiones de mi vida, le dije, que me quitaban la salud. A lo mejor es eso, le sonreí. Él me sonrió también. Me di cuenta que se inquietaba conmigo. Una noche fui la última paciente. Y nos quedamos hasta tarde hablando. Hasta que de repente me dijo, ¿me permitiría Sonia que la invite a cenar? Me pareció muy gracioso. «Me permitiría», así hablaba él. «Me permitiría que la invite a cenar». Así era en todo. Entonces nos fuimos a cenar como dijo, a un restaurante italiano. Con manteles blancos. Hasta velas tenía el restaurante. Allí me habló también de su vida, medio temblando. Me dijo un montón de cosas suyas. Era increíble. Me habló de sus padres, que llegaron con él chiquito de Canadá. Eran de allá. Yo estaba bien contenta. Desde esa noche ya todo pasó rápido. Salimos dos veces más y un día, en su carro, lo tomé de las manos y lo besé. Sentí cómo él temblaba de emoción. Me da pena ahora todo eso. Me dio dinero varias veces. Me porté muy mal. Fui una desgraciada. Pero así fue.

—¿Cuánto tiempo salieron juntos?

—Varios meses. Desde el comienzo él me daba plata. Le encantaba darme plata, creo. Lo hacía feliz. Y me decía siempre que me amaba. Se pasaba la vida diciéndome que me amaba. Yo le decía lo mismo, por supuesto.

—Bueno, entonces se murió feliz.

Sonia lo mira. Sus ojos son dos guijarros brillantes.

—No es para que te burles de él, Antonio.

—¿No quiso casarse contigo?

Una lámina de humedad le asoma en los ojos.

—Una vez me dijo que quería casarse. Creo que estaba medio loco. La verdad empezó a ponerse así desde el día que hicimos el amor la primera vez. Era muy torpe pero conmigo fue aprendiendo. Yo me sentía muy segura con él. De pronto, no sé cómo, me dijo que iba a dejar a su mujer. Me dijo que era lo honesto, lo que debía hacer. Yo no sabía qué contestarle, pues. Me halagaba pero yo no quería estar con él para toda la vida tampoco. Pero él pensaba que sí.

—Así que estaba muy enamorado, ¿no?

—Lo vi como rejuvenecerse, era increíble. Estaba rejuveneciéndose, estaba feliz y ahora de repente está muerto. Se murió junto a mí. Y no sé si...

Sonia se queda mirando como a lo lejos. Por fin golpea el vaso con los dedos varias veces.

—Y ahora mi hermana también está muerta. Víctor y Susy muertos. Por mi culpa.

Hay un relámpago en la mirada. Su belleza parece cobrar vida.

La cara se inclina y Gómez puede ver su pelo, navegando hacia atrás. Las líneas largas compasivamente recogidas y anuladas por un gancho azul que apenas deja flotando algunas hebras.

Gómez levanta la mano. Siente la superficie tensa, delicada de esa masa de pelo. Una sonrisa larga, suave, la sonrisa más triste de todas, se va infiltrando en su cara. Ella se inclina hacia un costado. Siente sus labios. Un vago escalofrío que lo atraviesa.

* * *

La cabeza de Sonia se eleva, parece gravitar hacia un vacío. La mata de pelo forma un remolino denso y Gómez se acerca. Le besa los labios, siente que esos labios son una criatura que se le ofrece.

El cuerpo de Sonia aparece allá, como a lo lejos. Un cuerpo elástico de pliegues suaves y firmes, una cabeza alta de ojos blancos, un venado atento surgiendo en un claro del bosque.

Ahora, cuando ella lo besa, hay una nueva energía húmeda en su piel. Echado, Gómez recibe ese rostro, es un movimiento que lo envuelve, como activado desde una zona distante. Una rabia dulce y silenciosa.

Su mano se ha levantado ahora y le está tocando una mejilla. Se asombra al ver de pronto los senos, el vientre, la flor de los pelos. Los muslos firmes y delicados. Un temblor lento, como una tranquila electricidad, lo cubre.

Gómez sostiene el tronco de Sonia con sus piernas. Ella está sentada encima de él. El placer del olvido. El cuerpo se encarga del olvido. Gómez se yergue encima de ella. Siente la dureza de su miembro hurgando dentro. Puede ver con una claridad turbia la extensión de sus pechos. Se enfrenta a su cara y piensa que nunca va a olvidar el color que acaba de pasar por un instante en sus ojos.

El deseo de encontrar una medalla, un tesoro enterrado en su cuerpo, el centro de ese misterioso y sensual continente que es la vida de ella. Gómez siente que durante la eternidad de un instante, la indiferencia, la languidez, el cinismo con los que se ha amurallado, parecen haber cedido. El vértigo de la liberación. Una liberación en su boca, la piel estremecida y el suspiro largo. Ella también. Se queda inmovilizado por el placer. Hasta que recibe la calurosa tijera de sus brazos.

Ella ha derramado una lágrima. Sólo ahora la recuerda. Su hermana muerta. Susy muerta. Su querida y pobre hermana hecha pedazos. Él se acerca y la abraza.

* * *

Han pasado un rato sobre la cama. Gómez ve el cuerpo extendido. La persiana deja una serie de luces opacas, una constelación dramática en las piernas. Se inclina y la besa.

Siente la opresión del aire en el cuarto. Se levanta a abrir una ventana.

Cuando voltea, la encuentra de pie, junto a él. La línea de sus cejas en dos arcos gruesos.

Oye una voz conocida.

—Mayor Gómez.

El ruido llega desde la puerta. Tres golpes seguidos.

—Mayor.

Gómez se viste, entra a la sala, y abre la puerta. Ahí está Zegarra.

—¿Qué pasa?

—Un zambo fue a la comisaría enantes. Dice que la cortaron a su hembra. Igual que lo del otro día, mayor. Una puñalada. El mismo corte. Le vine a avisar nomás.

—¿Dónde está?

—Allá abajo, en el carro.

—Que suba.

Regresa al dormitorio.

—¿Quién era?

—Dicen que ha habido otra muerte. Algo parecido.

—¿Igual que Susy?

—Sí. Hay un testigo. Lo están subiendo.

Vuelve a la sala. La cara de Tristán en el umbral.

—¿Usted es el mayor Gómez? —dice.

Gómez no contesta. Tristán entra y cae sentado en el sofá, sin quitarle la vista.

* * *

—Era un hombre flaco, medio rubio. Ojos chiquitos. Estaba bien vestido. Así era.

—Muy bien —dice Gómez.

En el corredor se oye el ruido de una puerta y Sonia aparece en la sala.

Tiene la blusa blanca, los blue jeans apretados. El pelo húmedo le da un aire de recién llegada al mundo.

—Es él. Es Boris Gelman.

—Ya tienes un testigo —dice ella mientras deja su cartera sobre la mesa.

Gómez se levanta.

—Voy a verlo al doctor Gelman.

—Yo también voy —dice Tristán.

—No. Tú, no. Yo después te aviso.

—¿Por qué, pues? Yo tengo que ir. Yo lo vi.

—Regresa a tu casa. Yo te aviso.

—Tengo que ir.

Gómez vuelve al dormitorio. Sonia lo sigue con la vista.

—¿Cómo dijo que se llamaba? ¿Boris Gelman? —pregunta Tristán a Zegarra.

Zegarra no le contesta.

—¿Qué hacemos, mayor?

—Voy a buscarlo.

—Yo voy con ustedes —dice Tristán.

Zegarra observa a Gómez, luego mira a Tristán. Le ordena levantarse.

—Tengo que ir con él —insiste Tristán.

—Ya, vamos.

Zegarra lo coge del brazo. Tristán se zafa y corre hacia la puerta.

—Yo quiero ir donde ese jijuna —dice.

—Tú te vas a tu casa, y esperas que te llamemos —dice Zegarra—. Eso es lo que vas a hacer.

—Ahora voy a mi casa —dice Tristán—. Luego, ya van a ver. Van a ver ustedes adónde me voy.

9

Boris eleva la pelota amarilla sobre su cara, se estira y siente la explosión de la bala redonda entre las cuerdas. Un reflejo blanco le cruza los ojos.

La pelota vuela hacia la otra cancha, donde la espera el profesor del club: un hombre de piel oscura, las piernas curvas, un simio sobre el polvo de ladrillo.

La bola regresa en una parábola. Boris dobla el brazo hacia su izquierda y, al ver la pelota cerca, hace estallar su raqueta. El disparo va hacia abajo pero la figura negra se dobla y devuelve un proyectil al lado derecho de Boris. Él avanza, llega a tiempo y enfila un tiro al vértice del fondo. El profesor alcanza la pelota y devuelve una pelota alta y larga. Boris llega cerca de la red. Da un golpe hacia abajo. La bala amarilla toca la superficie, y estalla en las tablas de madera verde. «Listo, se acabó», dice. «Ya», contesta la voz al otro lado. Boris se seca, va al camarín, apenas mira al profesor.

Al llegar a su casa, se quita la camisa y el pantalón y los dobla sobre la silla. Entra al baño.

Se para frente al espejo y apoya las manos en la loza blanca. En esa franja afilada, en el fondo de sus ojos, cercada por los infinitos anillos blancos, un brillo opaco flota hacia él.

Sale a caminar. Se acerca al malecón. Ve a un hombre quemando unos papeles. Una ceniza ardiente se eleva, flota lentamente, se confunde con el cielo. Boris se queda mirando. Una reverberación delicada y furiosa, perdida en el vacío.

* * *

Tristán camina por la vereda hasta llegar a la puerta de astillas de su casa. La noche anterior había salido de allí con la Carmela. Ahora volvía solo. Sin Carmela, sin la Carmela, desde hoy siempre, sin ella. Solo, solo, solo, siempre.

Entra al cuarto y se sienta en la cama, la misma cama donde había dormido con ella dos noches antes. Su lápiz de labios está junto a la almohada blanca.

Abre el ropero y saca los trajes. Muchos trajes, todos los trajes. Azules, rojos, morados. Zapatos, medias, pulseras, aretes. Los pone sobre la cama. Están allí, como representando su cuerpo vacío. Se sienta junto a ellos. Desde allí puede ver el espejo donde ella se había arreglado la última noche. Una batería colorida de polvos. La mesita roja. El espejo de manchas turbias. Allí siempre estaba ella arreglándose. Mira su propia cara en el espejo ahora y va a estrellar la mano contra el vidrio.

«Debiste haberla defendido bien, pues, negro, debiste, debiste, debiste, debiste haberla defendido». La voz cruza el aire.

Tristán se encuentra de pie. Debajo, los vestidos de Carmela, alineados. Se tira encima de las telas y siente que lo invade el cuerpo, la piel de ella: restregar su cara allí, sentir el golpe de su corazón. El olor de Carmela sigue en las telas. El olor se expande en su sangre, siente que es un árbol que lo sostiene desde dentro. Ay, negra, cómo pudiste irte así, y me dejaste así solo, tan solo. Cómo pudiste, negra. Qué mierda, qué desgraciada, qué maldita que fuiste. ¿Por qué no te quedaste conmigo esa noche? ¿Por qué no me hiciste caso, negra? Pero no te preocupes que yo voy a encontrarlo. Ya hablé con los policías y con los detectives, con todos hablé, me dicen que me vaya pero yo vine a decirte que voy a encontrarlo, Carmela. Carmela linda, qué bien vestida te ves con estas ropas, Carmela.

Tristán coge el teléfono. Aló, cholo. Sí, dime. Quiero que me des una dirección. El doctor Gelman. Sí. Boris Gelman. Ya. Dame la dirección de la clínica entonces. ¿El teléfono de su casa? Te espero.

*　*　*

Boris se ducha, se seca con una toalla blanca y se viste. El pantalón, el saco, la corbata, los zapatos negros brillantes. Empieza a peinarse.

Entra al cuarto de su madre, le da un beso en la frente, y recibe su mano en la mejilla.

El desayuno es adecuado: leche, tostadas y una manzana.

Cuando llega al hospital, se sienta en su escritorio y observa el rostro de su primer paciente.

Son más de las dos. La última paciente de la mañana, la señora Ballesteros acaba de irse. El consultorio aparece inmenso y vacío.

Boris baja por las escaleras, atraviesa el corredor flanqueado de rejas y sale por la puerta de vidrio. La cafetería queda en la esquina y para llegar a ella hay que acercarse a las bandejas de los vendedores de chocolates.

Cuando Boris entra a la cafetería, ve al doctor Gálvez que lo llama con la mano derecha levantada. A su lado, el doctor Lozano levanta la cabeza.

Gálvez tiene el pelo rubio y escaso, la boca mansa y los ojos grandes. Boris piensa que hay muy poco de estimable en su cara. A su lado, el doctor Lozano mueve sus mandíbulas rosadas frente a un plato de lomo saltado. Sobre la montaña de carne y papas baila la yema de un huevo frito, como una bola de gelatina.

—Veo que se alimentan muy bien, señores —dice Boris sentándose.

—Como todo el mundo —dice Lozano mientras levanta un bocado de arroz—. ¿Quieres un poco?

Boris alza la mano.

—No, no gracias.

—Además teníamos que comer bien —dice Lozano—. Anoche estuve chupando con unos patas sin comer nada.

—Eso te pasa por juntarte con borrachos —le dice Gálvez—. Justo me acaban de contar una: dicen que había un tipo tan borracho, tan borracho, que tenía un ángel de la guarda que le preparaba su café.

—Mal chiste, mal chiste —dice Lozano.

El mozo llega y Boris ordena un bistec con ensalada y arroz.

—Estás con hambre tú también.

—Yo siempre. Claro que prefiero la carne que había en Canadá.

—Bueno, eso sí. Para carnes no somos muy buenos acá —suspira Gálvez.

—Además, la carne es el núcleo en torno al cual se organiza la experiencia humana de comer —dice Boris.

Lozano y Gálvez apenas lo miran.

—¿Qué hablas?

—Claro. La carne es el centro, el núcleo, aquello en torno a lo cual giran todas las demás comidas.

Lozano deshace el resto del huevo sobre el lomo. El mozo le trae una botella de agua mineral a Boris.

—Por eso es que nadie ha visto nunca ninguna cultura que prohíba las menestras, o el arroz o las ensaladas —siguió diciendo Boris—, porque todos esos son accesorios. La carne es lo que en verdad inspira la fuerza y por eso despierta el temor. Por eso la prohíben, ¿se han dado cuenta?

—Bueno, en todo caso yo soy carnívoro —dice Gálvez—, como todos ustedes.

Hay una pausa.

—¿Viste el partido anoche?

Lozano le comenta una jugada frente al arco del Alianza.

Mientras tanto, Boris recibe su plato y deshace el filete en tiras largas.

Lozano sigue comiendo y, a su lado, Boris se lleva el primer bocado a los labios.

Al costado hay una discusión sobre el actual rendimiento de un jugador de fútbol.

Boris corta el filete, algunos restos de jugo se esparcen en el plato y colorean el arroz. Cuando tiene todos los trozos cortados, empieza a engullirlos uno por uno. Siente la masa suave en los dientes. A su lado Lozano deja salir un ruido de risa. Los oye hablar. Termina su plato.

—¿De qué se ríen?

—Nos ha contado otro chiste.

Boris sonríe.

* * *

—Muy bien, ahora que estamos reunidos —dice Boris mientras sorbe de un té—, quiero pedirles un consejo sobre el doctor Panizo. He sabido que tiene una relación con la señorita Lorena Daga. Es una noticia muy desagradable, ¿no les parece?

Gálvez y Lozano abren los ojos.

—¿Pero quién te ha dicho eso?

—Una de mis pacientes. Los vio caminando del brazo. En la calle. Como director de la clínica, ¿qué creen ustedes que debo hacer con el doctor Panizo? Es un hombre casado y tiene una aventura con esa mujercita que es su secretaria y podría ser su hija.

Gálvez se limpia la boca con una servilleta.

—No sé, Boris. Él es un médico muy bueno. Tú no puedes darte el lujo de perderlo. Si es por lo que pasó con tu papá, bueno, mira, cada caso es distinto. Tienes que entender eso.

—¿Piensa usted lo mismo? —dice Boris, mirando a Lozano.

Lozano apenas se mueve.

—No sé para qué nos preguntas. Ya lo despediste, ¿no?

—No, pero lo voy a despedir. Él es un buen médico pero no podemos permitirnos estos episodios. Ella también está afuera por supuesto. Leí algo de su currículum y creo que esa señorita tiene una inteligencia preciosa por lo escasa.

—¿Por qué te parece tan tonta? No es tonta.

—Vamos a ponerlo de este modo, doctor Lozano. Si la señorita Daga hiciera un crucigrama, le daría un derrame cerebral. ¿Me comprende?

Lozano y Gálvez se ríen.

—El doctor Panizo ya está separado de su esposa, Boris —dice Lozano—. Ya ni siquiera vive con ella. Puede hacer lo que quiera. Incluso acostarse con la señorita Daga.

—No le permito usar ese vocabulario conmigo, doctor.

—Bueno, lo siento.

Boris termina la taza de té. Mira hacia el doctor Lozano.

—En todo caso lo más sensato es dejarlos —dice Gálvez—. Mientras no hagan problemas en el trabajo, tú no puedes meterte en su vida privada. Es un asunto de ellos. Además están enamorados, pues.

—Eso tiene un valor, oye —agrega Lozano—. Una pasión es una cosa importante.

Boris mira a Lozano.

—No, doctor. Eso no tiene un valor, como dice usted. Una pasión no es importante por el solo hecho de ser una pasión. Una pasión es una experiencia emocional y biológica, una necesidad o un apetito. En todo caso, es algo parecido a lo que siente un animal. Decir que una pasión es importante es una estupidez y permítame decirle que no esperaba una frase tan estúpida de un médico como usted. Lo que es importante, lo que le da su sentido a este mundo y hace que marche, no son esas pasiones que aparecen y desaparecen de vez en cuando. Las pasiones son lo accesorio, no lo permanente del mundo.

—¿Qué es lo que tú piensas entonces? —se resigna a preguntar Lozano.

Boris se restriega la boca con una servilleta.

—La razón es lo permanente. El orden es lo permanente. El cuidado de nuestras vidas es lo permanente. La moral es lo permanente. El mundo se sostiene por eso, porque un montón de gente tiene un orden y una estructura en sus vidas. Eso es lo que dura. Los valores. Esas son las estructuras que sostienen a las sociedades y a los individuos. La palabra de honor que das, los votos que haces, tu compromiso con algo. Virtudes como la honestidad, la decencia, la lealtad. No lo otro, no lo otro. Lo otro, el placer, por ejemplo... es solo una desviación temporal, con el único propósito de regresar al camino central de nuestra existencia, ¿me entienden? ¿No están de acuerdo conmigo?

Un grupo de enfermeras entra riéndose a la cafetería. Gálvez mira a Boris.

—Bueno, pero tú eres muy exigente, Boris. No todos pueden estar a la altura de todo eso, pues. Somos seres humanos.

—Yo sólo le pido que tenga la bondad de ser un hombre decente, doctor Gálvez. ¿Le parece mucho pedir?

—Bueno, pero mucha gente se las arregla para vivir sin tantas vainas morales, Boris.

—No es así, doctor.

—¿No es así?

—Yo le voy a decir una cosa, doctor Gálvez. Yo de chico conocí bien a una vecina. Era una niña linda. Blanca, ojos castaños, el pelo negro en cerquillo. Siempre estaba como muy alegre. Yo conversaba siempre con ella. Hasta que un día, volviendo del colegio, me la encontré. Estaba en la ventana de su casa. Sentada junto al marco de la ventana, señores. Estaba allí. Pero no era ella.

—¿Qué? —dice Lozano—. ¿Por qué no era ella?

—Algo le había ocurrido a esa chica, doctor Lozano. Había algo nuevo en su cara. Tenía los ojos como perdidos, como metidos hacia adentro, doctor. ¿Conoce ese gesto? La piel había perdido su color. Una vaga sonrisa había modificado su boca. Estaba como hipnotizada. ¿Me entiende?

—No, no te entiendo bien.

—Creo que me comprende pero no me lo quiere decir. ¿Ya saben ustedes qué es lo que tenía esa niña? Estaba enamorada. Estaba pensando en un muchacho. Era el amor, o la pasión como usted dice, doctor Lozano. El amor había entrado en ella, la había trastornado, y la había convertido en lo que era. Así que ella aceptó al muchacho. Pensaba que con él iba a ser feliz. Y se fue con él.

—¿Y qué pasó con ella? —dice Gálvez.

—Después supe lo que le había pasado. Se casó con el muchacho, y hoy vive abandonada en algún lugar del mundo porque su marido se aburrió de ella. Ella se enamoró, se casó y él la dejó. Es la historia de siempre. Dígame, ¿le parece que hay algo de importante y valioso en esa historia, doctor? ¿Esa es la historia de una pasión?

Gálvez sorbe de su vaso. Se ríe en voz baja.

—Bueno, está bien, Boris, como tú digas. Tampoco es para que te molestes, oye.

Boris se reclina. Sus labios tiemblan. Baja los ojos y los vuelve a subir, en un parpadeo rápido.

—En todo caso, lo siento —agrega—. Creo que me he dejado arrastrar por la conversación. Deben disculparme si levanté la voz.

—No. No te preocupes.

Boris tose varias veces. Toma un vaso de agua.

—¿Cómo va el trabajo, señores? —dice un poco después.

—Bien, todo tranquilo —contesta Gálvez—. ¿Tú cómo vas?

—Creo que bien también. Va a haber una junta a fin de mes. Ya les llegará una citación.

Boris se levanta. Se pasa la servilleta por la boca.

—Bueno, ha sido un gusto estar con ustedes.

—Pero quédate para un cafecito.

—No. Me espera un paciente.

—Otro día entonces.

Boris se levanta.

* * *

Los deja atrás. Por qué ha tenido hablar con ellos. Tipos rastreros. Algún día va a despedir a muchos médicos de la clínica y va a buscar a otros, más decentes. Pero quizá han entendido lo que les ha dicho. Quizá.

Hora de salir ahora. ¿Adónde? Caminar. Tomar un taxi. Avanzar. Seguir, seguir. Buscar a otra.

Está en la calle. Se le acerca una mujer. Es una mendiga que vende caramelitos amarillos. Boris apenas la ve. Qué dice, frases incomprensibles, por favor, por favor, me puede ayudar, por favor, algo para comer, por favor: parecen gemidos de un ser subterráneo.

Alza la mano, para un taxi. Le ordena ir hacia la Vía Expresa. El hombre da un gruñido de aceptación, aprieta el pedal. Llegan. Una nube aceitosa de autos ocupa el carril en dirección contraria: las manchas lentas, la fila de carros, las cabezas negras.

Es tarde: son más de las cuatro, piensa Boris. De pronto un grupo de muchachos con camisetas de un equipo de fútbol está bajando a la Vía Expresa. Una jauría de muchachos. Tienen trapos amarrados a la cabeza y tiran piedras a los carros.

Boris aprieta los dientes. Los observa. Los ojos salvajes, inanimados, feroces, de esas caras. Pañuelos en la cabeza, palos, trapos, zapatillas, narices, puños, rodillas huesudas, todo ese caos hecho humanidad sin forma que se agita allí cerca, amenazándolo. El carro deja atrás la jauría humana y Boris voltea, como queriendo regresar, arrasar con esa mancha humana para siempre.

Salen por la Plaza Grau y dan la vuelta hasta llegar al Paseo Colón. Allí están, frente al semáforo. A su lado los fierros hirvientes de los camiones. Boris ve a una mujer.

Baja del taxi. Piensa en seguirla. Una sombra. Un cuerpo que desaparece.

* * *

Se queda de pie. La calle sucia y lenta. Va a pasar por la esquina. Un enjambre de seres por la vereda.

Sube a otro taxi. El chofer —un ser legañoso y oscuro, de pelos grasosos— se detiene en un grifo.

Un enano de overol azulado lo interroga. Ruidos entre el chofer y el grifero, una mano alzada, un movimiento largo del cuello.

El taxi sigue hacia la avenida Salaverry, dobla hacia Lince. Por fin, Boris le da al chofer un billete.

Al bajar, ve un aviso de luces tachonadas de rojo. Camina alrededor de una puerta negra y por fin se decide. Un olor a humedad, a mugre de alcohol. Ve una barra de licores que se extiende de pared a pared. Un mozo de cara cuadrada y ojos mansos lo observa. Boris se acerca. Una limonada con hielo.

* * *

Para el hombre que está sentado al otro lado de la barra, frente a un vaso de gin, el cliente que acaba de entrar es una señal alentadora. Ha estado esperando allí un buen rato y con este parroquiano su suerte puede cambiar.

«Ahora es la tuya», piensa. «Toda la tarde aquí y no ha venido nadie. A éste no lo dejes ir, que no se te escape».

Hubo un tiempo en el que todo había sido distinto para él. Unos años antes, cuando vivía en Inglaterra, había tenido la suerte de entrar a trabajar en un cabaret donde su piel oscura, sus rasgos levemente achinados y su audacia en el baile le habían ganado su nombre: *The Inca Prince*.

Durante esos años en Liverpool conoció a muchos hombres de todos los países. Había hecho viajes con varios de ellos por Europa, casi se había ido a vivir con uno. El tiempo había pasado.

Por fin un día, llegaron unos bailarines árabes más jóvenes a trabajar. Los dueños del local, sin embargo, le permitieron seguir conversando con los clientes en la barra. Una noche se había pasado en la bebida, animado por un amigo inglés. El marinero le había pedido irse con él a vivir a Capri. *We'll be very happy there. It's beautiful. Come with me please.*

Ahora se arrepentía de haberse negado.

Desde hacía un año vivía otra vez en Lima.

Las mejillas se le han inflamado, la barriga le ha crecido. Ha tratado de parchar el blando deterioro de su cara hasta donde ha sido posible. Las pestañas finas, los ojos claros, la piel cubierta de polvo color durazno. Tiene unos pantalones negros ceñidos que terminan en tacos y una camisa color lila.

El hombre sorbe del gin. Vuelve a fijar los ojos en Boris. Lentamente, prolongando cada movimiento, se baja de su asiento.

* * *

—¿Me puedo sentar contigo?

Tiene una voz ronca y ligera. Boris voltea, lo observa, se detiene en sus ojos: dos pozos desteñidos de pintura negra.

El tipo se sienta. Pone una mano sobre el mostrador.

—¿Quién es usted?

—Estoy solo. ¿Y tú?

Boris se acomoda en el banco.

—¿Qué quiere tomar?

—Un gin. Un gin con gin, por favor.

Boris hace un ademán.

—¿Siempre... está usted aquí?

—No. Vine ahora un ratito nomás. Me sentía muy solo. Ay, pero no me trates de usted. Trátame de tú.

Boris alza el vaso.

—¿Y cómo te llamas?

—Me llamo Ramón, pero mi nombre es Elisa.

A su lado, el hombre parece un gato flaco y arrugado. Una de sus patas grises, con las uñas pintadas, sostiene el vaso. La cara triangular se eleva con una sonrisa enmarcada en el tinte. Su pelo color ladrillo se bambolea mientras sigue el ritmo de la música que llega desde la esquina. The Police, dice con una sonrisa. ¿No te encanta esa banda?

Siguen hablando.

—¿Y tú qué haces? ¿A qué te dedicas? ¿Puedo decirte algo?

—Qué.

—Tienes pinta de abogado. Pareces un abogado regio, listo para entrar a un juicio.

—Soy médico —le dice Boris—. Vivo de los dolores de los demás. Igual que el abogado.

Ambos sonríen.

—Felizmente que algo siempre le duele a la gente, ¿no?

—Claro. Si no fuera por el dolor de cabeza de la señora Ballesteros que vi hoy, no podríamos estar tomando este trago.

Lo mira. Tiene una boca recia, chillona, como la de una puta.

—Voy al baño un ratito. Ya vengo. No te me vayas a escapar —dice él por fin.

Se aleja por un corredor oscuro.

Boris termina el vaso. Respira con pesadez. Hunde la cabeza entre las manos. Se golpea la frente, luego se frota los párpados.

Cuando le traen otro vaso se siente aliviado por el estallido de las burbujas en la boca.

Regresa. Acaba de maquillarse. Parece feliz ahora.

—Oye, ¿no quieres ir a otro sitio? De repente podemos estar más tranquilos, en mi casa.

Boris lo mira de frente por primera vez.

—¿Cuánto vas a costarme? —le pregunta.

—Cien —contesta él—. Y con un bocadito todavía, si quieres.

—Vamos.

Salen a la calle. Una nube turbia y húmeda flota sobre la hilera de carros.

—¿Dónde vives? —murmura Boris.

—Aquí, bien cerquita nomás.

En la vereda, Boris lo escucha decir que ha decorado su casa al estilo de los bares en Liverpool. Vas a ver qué linda que es mi sala.

Lo oye hablar hasta que llegan a un edificio amarillento.

Suben por las escaleras, atraviesan un corredor negro, pasan junto a una gran ventana. Cuando el hombre abre la puerta, Boris ve una pared tapiada de paisajes. Un crepúsculo almibarado —azul, rojo, naranja—. Una barca flotando en el mar de la fosforescencia. Delante de él unos muebles redondos, una mesa roja de plástico. En el centro una fuente morada con estrellas amarillas.

—¿Te gusta? —dice él.

—No —contesta Boris—. Es el sitio más horroroso que he visto en mi vida.

Lo ve sonreír.

—Ay, amorcito. Ven y te voy a enseñar algo que te va a quitar ese malhumor que tienes, mi vida.

Lo lleva a un dormitorio empapelado de flores. Boris ve una grabadora. Es un rectángulo de plástico negro, picado de manchas blanquecinas.

—Te voy a poner mi canción.

Lo ve sacar un CD, levantarse y bailar alrededor de él. A pesar del fragor de ese cuerpo que revolotea a su costado, Boris reconoce la música: se trata de una versión, caribeña, de «Para Elisa». En la caja hay un lema: *Los clásicos guaracheando.*

Cuando Elisa se saca los aretes, una ola tensa se va levantando dentro de él. Boris cae hacia atrás. Está sobre una silla. Siente un calor que avanza en los brazos y en las piernas.

Lo ve desabotonarse la camisa y abrirse el cierre del pantalón. Lo ve acercarse.

Ahora Elisa está bailando desnudo. Boris se toca el bolsillo, y palpa el bulto al compás de la música. El cuerpo frente a él es un enorme animal convulso.

La melodía termina. En el silencio, Elisa se va acercando a Boris. Se arrodilla lentamente, y susurra.

—¿Te gusta la salsa?

—No.

—¿Y qué música te gusta?

—La instrumental, creo.

—¿Y dónde está tu instrumento? —dice, bajando la mano hacia el cierre.

—Aquí —contesta Boris.

La hoja brilla en el aire. Al verla, Elisa se para, abre los ojos, logra dar un salto hacia la cama. Boris se zambulle y siente la punta del cuchillo en la cintura. Elisa entierra la mano detrás del colchón. Cuando reaparece, está sosteniendo una pistola.

Boris oye la detonación, luego siente un fuego en el brazo izquierdo, luego ve la sangre. Elisa vuelve a apretar el gatillo pero esta vez no hay ningún ruido.

Boris cae hacia atrás. Sólo en el suelo comprende lo que ha pasado. El dolor le atraviesa el brazo. Hay otro ruido seco encima. Los ojos de Elisa se han abierto con el terror de saber que la pistola no tiene más balas.

Mientras Boris se levanta, Elisa corre hacia la puerta. Boris alcanza a estirar una pierna en su camino y ve al muñeco pintarrajeado derrumbarse con un ruido de piedras. Unos insultos salen de allí, una serpiente hirviendo en un pantano. La cara cubierta por la melena sigue gritando ahora, y trata de empujarse con los brazos, hacia arriba.

Pero Boris ya está en el suelo, junto a él.

Hunde la hoja otra vez pero ahora la siente surcar los pliegues blandos del estómago. Ve la cara violácea arrugándose en una mueca. Lo ve cayendo hacia delante. El hombre de pronto es un bulto, su cuerpo se desmorona en el piso.

Todo está en silencio ahora.

Baja corriendo. Está en la calle. Nadie atrás, nadie adelante. Camina despacio. Llega a la avenida Salaverry. Se mira. Tiene una mancha de sangre en la cintura.

Está temblando de felicidad. Esta vez... se ha sentido más feliz al terminar. La obligación, el placer, la misión. Una buena causa.

* * *

Se amarra un pañuelo en la herida. El brazo se va inflando mientras Boris camina. Siente el latido del corazón en el pañuelo. Los compases son firmes, piensa que está marchando. En la esquina hace una señal y un carro con la luna rajada se para delante de él. La sangre va goteando en la vereda.

En el asiento, Boris encuentra un saco negro.

—¿Es suyo, señor?

El chofer —un hombre de pelo crespo, ojos achinados y la cara rociada de granos— lo observa.

—Sí. Para la noche lo uso. Para el frío.

—Se lo compro.

—¿Qué?

—Es que no quiero que me vean así.

—¿Y cómo se hizo eso?

—Una pelea.

El hombre sonríe.

—Con una hembra, seguro —dice.

—Sí, pues, con una hembra.

—Así son —ríe el chofer—. ¿Un buen arañazo le dio?

—Un buen arañazo. ¿Qué le parece cincuenta?

—¿Qué? ¿Por el saco?

—Sí.

—Ya, lléveselo nomás, señor.

Boris alarga un billete al chofer y baja del carro. Entra a su casa, pasa cerca de su madre y de las dos empleadas. No lo han visto, no lo han visto.

En su cuarto pone su ropa ensangrentada en una bolsa, se mira la herida y se echa agua oxigenada y sulfa. Se pega un esparadrapo. La bala lo ha rozado.

Sale a la clínica. El dolor va amainando.

Camina hacia la enorme puerta de vidrio donde saluda a la señora Balarezo.

—¿Cómo está, señora?

—Venía a verlo, doctor.

—Hoy no es posible, señora. Discúlpeme usted.

—¿Mañana puede ser?

—Con mucho gusto. Yo vengo en la mañana, señora. A las diez está bien.

—Ya, doctor. Gracias.

Boris sonríe, y sigue adelante.

Al entrar a su oficina, se saca la camisa y examina la herida otra vez.

Se reclina en el asiento y aprieta un botón. Siente que la música de Mozart se impregna en las paredes. Boris recuerda la ascensión de la melodía, esa misma melodía en los salones de su antigua casa.

La vida iba más despacio entonces, ¿no es así? Las cosas reposaban en su lugar. Nadie hubiera podido imaginarse que algún día iban a moverse de esta manera. ¿De dónde ha salido toda gente, por qué esas caras vagando frente a la puerta oscura? Más allá, al fondo del abismo, brilla una luz negra.

Una enfermera asoma la cabeza. Tiene los ojos fijos, como los de un pájaro.

—Doctor.

—Sí.

—Hay un señor que lo estuvo llamando. Habló con la secretaria.

—Sí. ¿Quién?

—Le dijo que quería hablarle de una amiga suya. Que a usted le interesa, dice. Quiere hablarle sobre una mujer que vivía en Lince, dice. Carmela dice que se llamaba. Es lo que me ha dicho. Dice que usted la conoció. Después vino a esperarlo, y no quería irse. Se puso un poco violento, pero los guardias se lo han llevado. Quería romper la puerta.

Boris estira las piernas bajo el escritorio.

—Debe ser un loco. Informe al jefe de seguridad.

—Ya, doctor.

—Que trate de averiguar su nombre.

—Muy bien.

Boris se pone de pie. La música se interrumpe. En el silencio que sigue, camina alrededor del cuarto. Se acerca a la puerta. Pero regresa al escritorio y abre el cajón.

La tensión en la espalda. ¿Un hombre quiere verlo, una mujer que se llamaba Carmela en Lince? ¿Cómo lo han encontrado, cómo lo han encontrado? Irse. Sería mejor. Lejos de todo eso.

Se levanta. Camina por el cuarto. Se sienta.

Alza el teléfono y marca el número. Una pausa, un espasmo, una pausa. La voz de su madre aparece, como emergiendo del silencio.

—Aló.

—Soy yo, mamá.

—Boris.

—Sí. Estoy aquí. En la clínica.

—¿Vas a venir?

—Sí. He pensado que a lo mejor...

El dolor en brazo vuelve de pronto, como un aguijón.

—Creo que voy a regresar temprano hoy.

—¿Te sientes mal?

—Sí. Voy a ir para allá. Voy a la casa.

Hay un silencio. Boris deja caer el brazo sobre la madera.

—¿Qué tienes, hijo?

—Nada. Estoy un poco cansado nomás. Voy para allá. Tengo que decirte algo.

—¿Pero qué pasa?

—Bueno, quizá podríamos irnos de viaje. Fuera del país, digo. Un viaje tú y yo. Por un tiempo. ¿Qué te parecería?

—¿Un tiempo? ¿Cuánto tiempo?

—No sé. Unos meses. A Estados Unidos. A Boston, donde fuimos una vez. O a Canadá, a Montreal. ¿Te gustaría?

Hay un silencio. Boris se inclina hacia la madera, se muerde el labio.

—¿Y qué vas a hacer con la clínica?

—La dejamos encargada. De repente Tito puede administrarla hasta que regresemos.

Un silencio.

—No creo que podría, hijo. No creo que pueda irme.

—¿Por qué?

—Porque esta es nuestra casa.

—Sí. Bueno...

—Te veo preocupado. ¿Te pasa algo?

—No, no. Nada. Todo bien.

—Ven a estar aquí conmigo un rato. Vamos a conversar. Con un té vas a sentirte más tranquilo.

Boris cuelga. Mira alrededor. Camina hacia la puerta.

Avanza por el pasillo, y apenas se despide de la secretaria. Felizmente ha encontrado la chaqueta, piensa.

Al salir a la avenida, ve al hombre caminando hacia la clínica. Es Gómez, sí, Gómez, el mismo que fue a su casa. La mujer también está. Sin embargo no pueden ser policías. Avanzan hacia él.

Boris siente un abismo que se abre en la garganta y en el estómago. Empieza a caminar en dirección contraria.

Mira hacia atrás, camina, mira hacia atrás. Empieza a correr. Corre cada vez más rápido.

Llega a la esquina. Se detiene. Levanta la mano y, como por arte de magia, un carro se detiene.

Entra y se apoya en el asiento. Una franja de cuero negro deshilachado. El chofer es un hombre joven de tez oscura y pelo rubio, manchado de alcohol.

—Sí, señor —dice el chofer, con una sonrisa de dientes desiguales—. ¿Para dónde vamos?

—Siga. De frente.

—¿Sigo nomás, señor?

—Siga. A cualquier sitio.

Boris saca un billete y lo dobla en la mano del hombre. La piel oscura del chofer, los ojos invertidos, la boca abultada. El hombre le devuelve una sonrisa y avanza.

Boris mira hacia atrás. Se lleva una mano a la boca.

Gómez y la mujer están corriendo detrás de él. Lo persiguen. Poco después, la nariz de tiburón de un auto azul corta una esquina y se coloca en el centro del vidrio. Boris aprieta los dientes. Está en un taxi desvencijado, y hay un carro detrás con sus perseguidores.

—Más rápido —le dice al chofer—. Vaya más rápido.

10

Cuando Tristán entra a la bodega se mira en el panel rajado de vidrio. Su cara desaparece. Arrastra la pierna dentro del local y se detiene.

Un teléfono con un enorme disco negro se ofrece con un aviso. Tristán marca el número.

—Aló —contesta una voz cascada.

Tristán acerca la boca.

—Buenos días, señora. Somos del Ministerio de Salud, señora. Queríamos mandarle una invitación al doctor Gelman. Esta es su casa, ¿verdad?

—Sí, es su casa.

—Tenemos una invitación para el doctor, señora.

—¿Una invitación?

—Sí. Para la ceremonia de una promoción de enfermeras.

—Él no va a ceremonias, señor.

—Disculpe, señora. El ministro ha insistido. Sería un gran honor para él, ha dicho. Por eso quería pedirle la dirección, señora. Para mandarle la invitación al doctor. Es un honor, señora. Un honor para el Ministerio por supuesto.

Una pausa.

—Bueno —dice la voz al otro lado.

Ahora el papel tiene dibujadas las letras. Allí está la dirección. El señor Boris Gelman.

Con los hombros inflamados, suspendido en una sola pierna, Tristán avanza hacia la esquina.

El color violáceo y blanco del microbús se va aclarando. Por fin ve la cara del chofer. Levanta la mano. «Falta un ratito nomás», dice. «Ya te tengo, jijuna, ya te tengo».

El microbús va dando tumbos hasta que llega a la pista de la avenida 28 de Julio. Ve una cinta de sol que se filtra entre los árboles. Tristán se acomoda la pierna sobre el asiento.

Por fin están en la esquina. Se levanta y sólo entonces comprende que hay un hombre uniformado de verde, parado junto a él. Tristán sonríe. «Buenos días», le dice. El policía asiente con la cabeza.

Siente un espasmo de dolor. El cemento es una plancha sucia en los pies. Hay un edificio de ventanas vacías. Una grúa de construcción se alza lentamente.

Entra a la calle. Todas son casas floridas. Camina por ese paraíso de árboles y enredaderas. Una cascada inmóvil de flores violetas. La gente de dinero, piensa, vive rodeada de muchos colores. La gente pobre vive en blanco y negro. Da un poco de risa.

Por fin dobla en la esquina y ve la casa.

Es el número.

Saca un alambre del bolsillo y voltea a su alrededor.

* * *

En el asiento del taxi, Boris da un nuevo salto. Están en el malecón, junto a varios montones de maleza. El aire líquido se confunde con el vacío del mar. Las luces del micro que avanza en dirección contraria le hacen un guiño.

El chofer gira. Boris mira hacia atrás. Sus perseguidores se han quedado atrapados en el tráfico de Reducto. Ya no los ve.

Voltea hacia el chofer. «Aquí nomás», dice.

El taxi ha llegado a su calle. Hay una carretilla de frutas en la vereda. El frutero tiene una mirada de monje que lo interroga.

Tal vez tienes el tiempo justo de ir a tu casa y sacar a tu madre antes de que vengan, antes de que la vean. A lo mejor si lo haces todo rápido. Si ellos se han quedado atrapados en el tráfico, a lo mejor puedes sacar a tu mamá de la casa.

Deja un billete en la mano oscura del chofer. Baja. Mira una vez más, en ambas direcciones. ¿Sus perseguidores —el hombre y la mujer— están a punto de aparecer?

Abre la puerta.

* * *

—Madre. Madre.

Boris sube y llega hasta la entrada al dormitorio.

Ella está allí. Sentada sobre la cama. Tiene puesto un traje negro con un broche de plata en el hombro. Es como si tuviera la piel helada. Sus ojos se han clavado en él, como desde el otro lado del mundo.

—Madre —murmura—. Madre, levántate. Tenemos que irnos.

Está a punto de insistir. Entonces comprende que en realidad su madre ha estado mirando el vacío detrás.

—Doctor Gelman —dice una voz.

El ruido lo hace voltear.

—Doctor Boris Gelman.

La cara que está diciendo su nombre tiene la piel negra, la boca ancha y los ojos enormes y amarillos. Un monstruo de voz ronca. Es el monstruo de ese cuarto en Lince. En su casa, en el dormitorio de su madre.

—¿Quién es usted, señor? ¿Cómo se atreve a venir acá, hasta acá?

—¿Yo? ¿Quién soy yo? ¿Cómo, no me conoce usted, doctor Gelman? ¿No se acuerda de mí, doctor?

Boris cruza las manos detrás. Ha adoptado un aire de autoridad ahora.

—Voy a llamar a la policía entonces.

Boris se acerca al teléfono.

—Claro, claro. Llama a la policía, si quieres, maldito. Ellos quieren venir, ellos ya saben todo lo que tú haces, lo que hiciste con la Carmela, todo ya saben, lo que hiciste ya saben. Claro, pues. Llama a la policía, maldito.

Boris se detiene, lo observa. El hombre le parece una foca grande. La camisa abierta, el pantalón cubierto de polvo.

—¿Qué es lo que quiere usted, señor?

Tristán sonríe.

—Yo he venido por ti, pues —dice—, así como tú viniste por nosotros. Yo he venido por ti.

—¿Por ustedes?

—Por mí y por la Carmela. ¿No te acuerdas, no te acuerdas?

El monstruo se levanta el pantalón. Una tela descolorida y sucia, la piel negra arrasada de lagunas blancuzcas.

—Acordarme. ¿De qué, señor?

—De esto, pues —repite, moviendo el índice.

Le muestra un surco rojo. Algunas costras pálidas cubren la herida.

Boris retrocede.

—¿Y qué es lo que pretende usted ahora?

—Que vengas conmigo, que vengas conmigo. Vámonos de aquí. Vamos a su tumba. A que le pidas perdón. Eso es lo que «pretendo». Y después voy a cortarte el pescuezo como a un pollo, así voy a cortarte. Eso también «pretendo».

Sólo ahora Boris comprende que hay algo en su mano. Una navaja corta que empieza a moverse.

—A las dos empleadas las asusté y se encerraron en el baño. No van a salvarte.

Boris junta los talones y dobla las manos atrás.

—¿Cómo se atreve?

—Ya te dije. Ven conmigo —dice Tristán.

* * *

Antes de salir Boris ha logrado acercarse a su madre. Roza la mejilla con sus labios. Una caricia adicional le ha servido para despedirse.

Ahora baja la escalera, golpea las gradas, siente el ritmo fúnebre de los pasos.

Tristán camina detrás de él, con la navaja en la cintura.

Mientras avanza, Boris ve los objetos. Las vasijas en la repisa, los adornos sobre la mesa de la sala, la lámpara gris. Siente la punta de la navaja, pero sabe que con un salto hacia delante puede escapar. Tiene que encontrar algo con que golpearlo antes.

Llega a las escaleras y ve el cuadro enorme de San Sebastián, junto a la puerta.

De pronto se para. Un ruido viene de atrás. Es la voz de su madre.

—Boris, ¿qué está pasando?

El monstruo voltea una fracción de segundo. La punta de la navaja se aleja.

Boris coge a Tristán de la muñeca y lo tira hacia abajo. Tristán rueda las escaleras. Rebota en el piso. Boris baja y pone un pie sobre la pierna herida.

Luego pone el otro pie sobre la cabeza de Tristán y lo hunde con todas sus fuerzas. Cierra los ojos, se para encima del cuello, espera que llegue el momento en el que suene el cráneo partido en dos.

El hombre parece no moverse ahora. Boris le pisa la quijada.

Entonces, de ese montón de carne muerta, ve salir una mano. Es una mano negra que brota como una serpiente de un pantano, y le hace un corte en la pierna.

Boris da un grito y cae hacia delante. La tenaza se afloja y ahora el monstruo se ha liberado y está arrastrando su cuerpo.

Una fuerza sobrehumana lo voltea de pronto hacia abajo y Boris siente el hedor del aliento contra su cara. Entonces lo ve como por primera vez. Ve los ojos abiertos, los labios apretados, las enormes aletas de la nariz; ve los dientes blancos. Con un estremecimiento siente el olor. En un esfuerzo desesperado trata de levantarse pero una mano gigantesca le cubre la boca.

Ahora su cara está separada por milímetros de la otra. Ahora siente la saliva del volcán helado de insultos. Boris cierra los ojos; está cayendo a un abismo dentro de él. La cara le sigue hablando. Una hoja plateada se agita desde algún lugar. La voz de su madre ahora. Otra vez.

Entonces, como por arte de magia, el peso se anula. El monstruo se aleja hacia arriba. Una nueva cara conocida. ¿Es ese hombre? ¿Gómez? ¿El detective? Es él. Ha llegado y está sosteniendo a Tristán, que agita las piernas.

Boris corre hacia la puerta de su casa. Tienen que irse de aquí. No pueden molestar a mi madre. Sales ahora, te siguen, y luego vuelves por ella. Sales, te persiguen y vuelves por ella. La memoria de mi padre, la mano fuerte, dulce de mi padre cuando me llevaba al colegio, mi madre y yo que lo sobrevivimos. Correr, correr ahora.

Oye un grito detrás.

Levanta la cabeza. Primero hay una vereda, luego un árbol, luego una explanada de cemento. Sus piernas se multiplican. El calor va aumentando. Los pasos suenan. Un dos un dos.

Una brisa lo golpea. Al llegar a la esquina se atreve a mirar atrás. Es él. Gómez. ¿Acaso puede alcanzarlo? No, no, no.

Atraviesa la pista, llega a la iglesia y sigue de frente hacia el mar. Un vapor de neblina y, más allá, el inmenso gris del universo. Tal vez eso es lo que conviene ahora, esconderse junto al mar. ¿Debía subir al muro entonces? ¿O debía saltar por última vez? ¿Volar hacia allá? Un hilo de sudor se ha abierto paso. Una señora pelirroja que pasea un perro, algo que ladra, un bulto que se mueve en el cemento. Mira hacia atrás otra vez. El hombre está ahí, ni más cerca ni más lejos, sigue corriendo detrás de él, con la camisa ondeando al viento, los ojos incrustados como piedras. Sería tan fácil acabar con la carrera, el mar tranquilo, el aire tibio, un gran pozo al fondo del camino. Pero su madre...

Sigue corriendo. Cruza el puente de Armendáriz. Siente el peso de la herida. Delante la calle, una cinta retorcida sobre el acantilado. Siente el ruido de sus pasos, el jadeo rápido, las otras figuras que se apartan en la vereda.

De pronto toma la vereda junto al mar. Está volando por la acera. Es esa energía que le permitió acabar con el primer monstruo en el hotel, que le hizo alcanzar al otro en la calle Canevaro, que le ayudó a ganarle la mano al último en su dormitorio. Corre a una velocidad que nunca había imaginado en él.

Allá atrás sigue el hombre que lo persigue, un ser común y corriente. Ese hombre tendrá que cansarse en algún momento. Él, no. Un ángel asignado a una antigua misión. Proteger y protegerse.

Una fachada blanca, una pared de pintura verde, una curva, el inmenso agujero de la bajada y entonces Boris ve algo nuevo, unas ruedas que cruzan la pista frente a él.

* * *

Es un carro que está rodando suavemente en la esquina del malecón. Se queda inmóvil. Ve que el carro se detiene en medio de la pista. Cuando la puerta se abre, una figura impecable, un vestido azul, una delgada y melancólica silueta de mujer, el pelo alisado a ambos costados como el velo de una santa.

La mujer es una sombra afilada. Boris trata de correr hacia un costado pero apenas llega al muro que da a la costa. Mira el mar que tiene un aspecto piadoso y blanco, una inmensidad tierna que regresa.

Se detiene, voltea hacia ella.

La ve acercarse, apenas puede distinguir su cara. De pronto la reconoce. Entonces comprende que esa mujer tenía razón. Siempre tuvo razón. Ella era quien había secuestrado a su padre y ahora estaba aquí por él. La mujer que había matado a su padre y que ahora lo esperaba junto a acantilado, mirando el mar, con una pistola en la mano para matarlo también a él.

Boris oye un ruido. Un estallido corto y seco que se ha clavado en su hombro, sangre que se derrama sobre la acera. Boris se levanta y logra mirarla (los ojos impávidos, la mano erguida, la falda ondeando como una bandera). Le ofrece una sonrisa mientras el cielo se cae hacia arriba y siente el estallido en una pierna.

—Vamos, vamos, puta —le grita.

Se acerca al borde del malecón. Antes de verla desaparecer, logra atisbar un gesto de furia. Ella está a su lado. Otra detonación. Boris abraza el aire. Cae hacia el fondo. Cierra los ojos antes de golpear las primeras piedras.

11

Gómez se para. Está jadeando. Delante de él, Sonia mueve aún la pistola. Ella lo ve, guarda el arma en la cartera. Da media vuelta con un aleteo de su traje y sube al carro. Algo se purifica y se relaja en la cara de ella mientras se inclina para mover la llave.

Gómez ha sentido que su deber es intentar sacarla del automóvil y arrestarla, pero es tarde. El carro de ella desaparece a lo lejos.

La sigue con la mirada y adivina, entre las cortinas de pelo negro, los ojos que derivan un instante hacia él. Luego el carro gira y deja un ruido de gravilla.

De pronto ya no hay nadie. Boris descansa al fondo entre las piedras, con tres balazos en el cuerpo.

Se oye la música de salsa que brota de una ventana. Gómez se apoya en un poste. Todo ha vuelto a la normalidad en la calle.

Una mano lo toca en el hombro. Es Tristán. Jadea, mira a la distancia.

—¿Qué pasó?

—Nada.

—¿Dónde está el hombre?

Tristán se acerca al muro y se queda allí, mirando hacia abajo. Regresa.

—Ella fue, ¿no? Esa mujer que estaba con usted.

Gómez voltea.

—Ella lo hizo, ¿no? ¿No? Esa mujer que estaba con usted lo mató al doctor, ¿no?

Gómez encoge los hombros.

—Quién sabe —dice.

Tristán camina otra vez, cojeando hasta al borde del acantilado. Se queda inmóvil. Luego voltea hacia Gómez.

—Voy a bajar —dice—. Para verlo.

Sólo entonces, Gómez ve la sangre que corre por la pierna. Se acerca. Logra sostener a Tristán con los dos brazos. De pronto aparece el rostro de Zegarra.

—¿Qué le pasa?

—Se ha privado nomás. Llévelo a la Asistencia, por favor.

—Bueno. Como usted diga, mayor.

Gómez deja a Tristán y camina junto al mar. Oye un ruido de sirenas. Una luz al fondo. Se la imagina en el auto. A toda velocidad, con el pelo ondeando.

* * *

Gómez va a la casa de Gelman. Toca la puerta dos veces. Siente que una ventana se ha abierto y cerrado rápidamente. Ha visto la cara de una señora de pelo blanco. Un rostro blanco y aterrado. Vuelve a tocar la puerta. Nadie.

* * *

Cuando entra al edificio, la quijada torcida del sargento Casanova surge del corredor. Camina hacia Gómez.

—Buenas tardes, mayor.

—¿Qué tal, sargento?

—Me manda el coronel. Que vaya allá, dice.

—¿Qué quiere el coronel?

—No sé. Me dijo que viniera a avisarle nomás. Los periodistas andan haciendo preguntas, mayor. Ya saben todos del señor que se cayó. Tenía tres balazos en el cuerpo. El entierro es mañana. La familia del señor era conocida, parece.

—Bueno, dile al coronel que ya voy.

Gómez entra al baño y se restriega la cara con agua. Se seca, se mira en el espejo.

* * *

Atraviesa la puerta de entrada, sube las escaleras, se alinea en un corredor que parece un túnel.

—El coronel no está, mayor —le dice la voz ronca del cabo Olivares—. Pero hay un moreno que lo está esperando allá afuera.

Gómez levanta la cabeza: allí está Tristán. Los ojos enormes se van acercando.

—¿Ya está mejor?

—Sí. Quiero hablar con usted.

* * *

El bar Paraíso tiene mesas de madera con patas desiguales que hacen bailar el líquido en los vasos.

Gómez lleva a Tristán a la silla que está más cerca de la puerta. Un halo gris ilumina sus facciones.

Cuando el mozo —un sapo obeso, de mandil oscuro— se va, Tristán se refriega las manos en la cara. Ahora sus ojos parecen dos hogueras.

—Pero mejor hubiera sido que ese doctorcito jijuna no hubiera muerto, mayor. Mejor, pues. Porque yo hubiera querido hacer algo con él.

Los ojos se agrandan, se humedecen.

El mozo trae la botella con dos vasos recién lavados. Gómez le sirve a Tristán y llena el suyo. Tristán golpea la madera tres veces con los dedos.

—Pero yo voy a ir allí, al velorio de ese jijuna. A verlo muerto nomás. Voy a ir, señor.

Gómez levanta el vaso.

—Ya mejor es no pensar en él. No pienses en él. Salud.

Ambos toman. Tristán golpea la mesa con el vaso.

—Una mujer así, señor, una mujer como Carmela.

Tristán mueve la cabeza de un lado a otro.

—Ninguna como ella —dice—. Ninguna así.

Tristán vuelve a alzar el vaso. Se frota los labios.

—A veces, cuando regresaba en la noche, me traía un regalo —dice con la voz ronca—. Algo que se había conseguido por allí. Una sortija, cualquier cojudez. Y me la regalaba, me la daba por tener el buen gustazo de estar con ella, me decía. Así me hablaba. Así era la negra.

—¿Y ahora qué vas a hacer? —pregunta Gómez.

—¿Ahora? ¿Ahora? No sé, señor. No sé qué voy a hacer. Voy a ir al velorio para verlo muerto. Ese tipo...

—¿Y después?

—No sé, allí, en la casa... Allí me dejó ella una platita guardada, algo me dejó... por si algún día me pasa algo, me decía siempre. Por si acaso, negro, si algún día no estás allí para salvarme, porque yo muchas veces la salvé, señor, ¿me entiende? Pero esa noche, esa noche el hombre me tiró un manazo con filo, no sé de dónde, un diablo era ese hombre, señor, un diablo blanco.

Tristán termina el vaso, lo agita contra el piso y se sirve otra vez.

—No crea que me voy a emborrachar, señor. Esta es la última ya, la última. Y vamos a brindar por ella, señor. Por la Carmela, porque yo la conocía ya de tanto tiempo, porque era el único que se acostaba por amor con ella, señor, porque yo la adoraba, la adoraba, la adoraba, señor, ¿me entiende?

Gómez levanta el vaso de cerveza.

—Por ella —dice Tristán—. Por ella. Salud, Carmela.

Toman un trago largo. Gómez mira el reloj.

—No se vaya todavía, señor. Vamos a pedir otra botella.

Gómez lo observa.

—¿Otra botella?

—Claro.

—Bueno. ¿Por qué no?

El muchacho hace deslizar otra botella tornasolada frente a ellos.

—Esa mujer —dice Tristán mientras lleva los vasos—, esa mujer que le metió bala al jijuna ése, ¿usted la conoce bien?

—Algo.

Tristán aprieta el borde del vidrio contra la boca.

—El otro día. Cuando estuve con ustedes. Me robé una libreta de su cartera.

—Buen provecho.

—No, no, señor. Es que quería la dirección. La dirección del jijuna ése. Y como ustedes no me querían decir, pensé que iba a encontrarla allí. Pero no la encontré. En todo caso aquí está. Aquí tiene su libreta. Se la da de mi parte a la señorita. Con mis disculpas.

Tristán encoge la mano. Tiene la apariencia de un lagarto manso mientras saca la libreta del bolsillo. Un rectángulo beige rueda por la mesa.

—No sé si volveré a verla —dice Gómez.

—Bueno, pero usted tiene más chance que yo.

Gómez deja la libreta a un costado.

—Me gustaría a lo mejor —dice Tristán después de una pausa— volver a boxear. Eso es lo que quiero hacer. Boxear. Yo boxeaba bien antes, ¿sabe, mayor? Una vez peleé con un gringo que vino aquí.

Tristán levanta los brazos, y martilla el aire varias veces.

—La primera que lo agarré fue aquí, la parte de abajo del cachete, bien rico le cayó aquí, señor, bien rico, entonces me puse como un molino de darle golpes, con todo me mandé, le fui abriendo por acá y por acá, se empezó a llenar de sangre, un muñeco blanco de sangre, señor. Y pararon la pelea, y el réferi vino y me levantó la mano. Eso fue, ¿cómo decirle, señor?, el momento mejor de mi vida, cuando el réferi me levantó la mano y yo gané esa pelea.

—¿Y por qué no seguiste peleando?

—Lo que pasó es que después, en otra pelea con un zambo, me rompió aquí, el tabique, y me dejó privado, con un dolor en la cara, como si tuviera el diablo echando carbón dentro de mi cara, parecía. Y la Carmela me dijo que ella iba a ayudarme, iba a ayudarme a curarme. Iba a meterle más duro a la calle. Y que más bien yo la vigilara a ella, y así fue, señor. La vigilé a ella en las noches. Pero fracasé, señor, fracasé. La Carmela está muerta y yo estoy aquí y no voy a encontrar a otra mujer así como ella. ¿Se da usted cuenta?

Gómez termina su vaso. Los ojos de Tristán parecen dos flechas blancas.

—Pero no podías hacer nada. El tipo los sorprendió, tenía un cuchillo, ¿qué ibas a hacer?

Entonces la cara de Tristán se arruga, empieza a gritar.

—No, pero usted no sabe, señor. No sabe, usted es demasiado educado, señor. Demasiado educado es usted, carajo.

—¿Por qué dices eso? —pregunta Gómez.

—Porque usted no sabe lo que era una Carmela Lazo, lo que era querer y ver morir a una mujer como esa, no sabe lo que era llegar a su casa y meterse a la cama con ella. No sabe, señor. Muy educado es usted, usted no sabe.

Tristán está llenándose el vaso otra vez. Se lo termina.

—Ya te encontrarás a otra mujer, Tristán. Vas a ver, es cuestión de tiempo nomás. Ahora parece que no, pero después...

—No, no. Ya no. Eso lo dice usted porque no entiende, no entiende nada. Y así son todos. Así es el jijuna que está en su ataúd. También.

Una mancha blanca aparece en los ojos de Tristán, la cara se inflama como si estuviera a punto de reventar y de pronto ha tirado el vaso al suelo. Una explosión de vidrios retumba en el salón. Tristán agacha la cabeza. Está llorando. El sapo de mandil se acerca a Gómez.

—Está bien. Déjelo nomás.

—Más bien págueme el vaso.

Cuando Tristán se levanta, no hay huellas de llanto en su cara.

—Usted está con él, señor. Usted está con él. Como todos.

—¿Qué?

—Está con el que le metió cuchillo a la Carmela. Usted lo prefiere a él. A mí, no. A Carmela, no. A él. Siempre lo van a preferir a una mierda como él. Ustedes están con ellos, con los otros. Dios los protege a ustedes. A nosotros, no. A nosotros, nadie. Pero estamos juntos. Carmela está muerta pero yo estoy con ella. Y así vamos a seguir, juntos siempre. Discúlpeme, señor, pero quiero irme a mi casa. Quiero estar solo. Disculpe.

12

Salen a la vereda y Gómez siente el frío en los pies. Una masa de polvo se esparce sobre el cielo negro.

—¿Dónde vas a ir ahora?

—Voy a nuestra casa, a ordenar algunas cosas, siempre está dejando todo en desorden la Carmela; y después voy a ir al velorio, donde está el jijuna.

—Pero no te van a dejar entrar, hombre. Ya es de noche. Los velorios cierran a las diez.

—¿Qué hora es? ¿Las once? No importa, me quedaré afuera, pues. Y allí me voy a esperar. Hasta que se lo lleven. Y después me iré a descansar.

—¿Dónde vas a trabajar?

—Tenía muchos amigos la Carmela, voy a buscar chamba allá en un taller de madera. Algo habrá, señor, ¿no es cierto?

Gómez apenas puede oírlo.

—No vayas a hacer una cojudez —dice—. Si te meten preso, ya es cosa tuya.

Tristán baja la cabeza.

—No se preocupe, señor. Yo voy a verlo nomás. Voy a ver al jijuna muerto. Ver cómo está.

Gómez le da la mano y se aleja en dirección a la Vía Expresa. El rumor de fierros y bocinas.

Mientras camina, Gómez siente el rectángulo en el bolsillo. Es la libreta de Sonia. Una luz de neón desciende sobre las hojas: nombres, teléfonos, una letra fina con ribetes estirados.

Sube a un microbús. El viaje se prolonga. En el corredor de caras enceradas aparece un muchacho ofreciendo la Biblia: luz dorada, pasaporte hacia la salvación, la tercera puerta cósmica. Por el precio de un sol..., un sol a cambio del milagro de la salvación, señor...

De pronto Gómez vuelve a sacar la libreta. ¿Cómo no me di cuenta antes?, dice.

* * *

Al día siguiente Tristán llega temprano al velorio en la iglesia de Fátima.

Ve el grupo de figuras estiradas, con corbatas y sacos que se esparcen como un racimo por la vereda. Sigue caminando y piensa que ahora marcha, con pasos de redoble de tambor, hacia la guerra. Llega al primer nudo de sombras que se desata al verlo pasar y voltea a la derecha. Una cruz de plata, unos cirios que despiden hilos de humo, un ejército silencioso que dice algunas palabras sobre la vida que acaba de acoger en su sabiduría el Señor.

Tristán siente que su camisa violeta brilla en ese bosque de trajes negros. El salón tiene una puerta abierta y Tristán da un paso hacia delante.

Sin embargo, algo lo hace levantar la cabeza. Un rostro erecto, de pelo albino lo está observando. Sus ojos azules parecen querer cortarle la cara. Tristán se queda en su lugar. La señora lo sigue hasta que una sombra se acerca a darle el pésame y ella se ve obligada a moverse a un costado. Aún así Tristán no la pierde de vista. Camina hacia el ataúd. Cuando se acerca, se sorprende de ver la madera sellada.

Esa noche Gómez camina junto a la Plaza de Armas. Los edificios de paredes desolladas se van alineando rápidamente.

Por fin pasa junto a un cuerpo de mujer. Hay una cartulina pintarrajeada. Las escaleras rojizas y las luces amarillas de polvo. Es la entrada del local. El Adán y Eva.

El señor Boris Gelman había estado allí, había pisado las mismas alfombras rojas arrugadas, había pasado por ese corredor de pintura sucia. Esa noche, en un cuarto de ese mismo barrio había cortado el cuerpo de una chica que nunca supo por qué la estaban matando.

Gómez baja las gradas y la música se va elevando. La lata oxidada de unos platillos, el ronquido de sexualidad lúgubre de la trompeta, el compás asordinado de la pianola. La música de ingreso al infiernillo nocturno de pequeñas caras sonrientes que lo reciben y le enseñan una mesa vacía.

Gómez ve el cuerpo larguirucho de la mulata, dibujando las piernas en la pista.

Se detiene en la cara que lo mira al otro lado de la neblina de humo. Siente un temblor en la garganta.

* * *

La ha visto. Se queda de pie.

Es Sonia. Está sentada junto a la barra. Atrás hay un reflector. Tiene una blusa de manga corta, el pelo recogido en un moño y los ojos fijos en él. Un suave perfil contra una luz sucia.

Ella le sonríe. Ahora le dice algo a una sombra gruesa a su lado. Con lentitud, se baja del banco y empieza a acercarse.

—¿Qué haces aquí?

De pronto Sonia voltea hacia el otro lado del salón. Un hombre joven, obeso, calvo, la está mirando desde una mesa.

—Vine a tomar un trago. ¿Y tú?

—A buscar las cosas de Susana.

—¿Estás con él? —dice Gómez señalando al hombre.

—Sí.

—¿Quién es?

Sonia encoge los hombros. La trompeta va aumentando su volumen.

—Estoy viniendo aquí porque vamos a salir de viaje esta noche. Quiero que me paguen el sueldo de Susy. Se quedaron debiendo. Es para mi madre, ¿ves?

Una mujer de pelo rojo salta al centro de la pista ahora. Las contorsiones empiezan con los brazos en espiral. El aire huele a humo.

—Qué bueno verte, Sonia, porque quiero que tú me confirmes unas cuantas cosas. A ver, cómo te lo digo.

—¿Qué quieres decir, Antonio?

—No, nada. Que ahora de repente me doy cuenta de todo. A ver, tú dime si tengo razón —dice Gómez, señalando hacia el calvo—. Has estado trabajando con ese hombre de allí hace tiempo. Él te mandó con el viejo Gelman para que le sacaras dinero y luego hicieras un escándalo provocando que se separara de su mujer. Tú y él lo planearon. El viejo se enamoraba de ti, y tú lo convencías de irse juntos del país y de venderle sus acciones en la clínica a ese chico. Hubiera sido fácil convencerlo de eso. Luego tú te separabas del viejo y regresabas a Lima, ¿no? ¿No era así?

Sonia lo mira.

—No. No era así.

—Pero todo les salió mal porque de repente el viejo Gelman se murió. Así que tuvieron que quedarse a esperar qué pasaba con su hijo Boris, cuando llegara. Lo esperaron juntos porque están unidos en este asunto. Tú y él son igualitos. Tú y ese tipo que está allí: Tito, el sobrino de Gelman, ¿no?

Sonia da un sorbo. Mira al hombre en la mesa.

—Sí, es él.

—Es tu cómplice, ¿no es tu cómplice?

—No.

—Tito es el verdadero personaje de toda esta historia, ¿no? Lo único que Tito no había previsto era que me buscaras, que buscaras a alguien para identificar al asesino de tu hermana. Pero él te mandó a seducir al doctor Gelman. A lo mejor te contó cosas de su tío. Cosas que te sirvieron para conocerlo. Tú y Tito hacían una buena pareja. Salías con el doctor Gelman pero realmente eras la novia de Tito. Y por eso peleaban siempre tú y el doctor. Porque él se enteró que tú estabas con su sobrino. De eso discutieron el día que él murió, ¿no es cierto?

Mientras Gómez hablaba, la cara de Sonia se había ido descomponiendo.

—Tú te crees mucho, te crees que sabes todo, ¿no?

—La verdad es que me creo un idiota porque sólo ahora me doy cuenta.

—¿Cuenta de qué?

—Sabes, Sonia, que no puedo creer que no comprendiera todo antes. Debo estar poniéndome muy viejo, ¿no?

—¿Pero por qué dices eso?

—Ese día que fuimos a buscarlo, tú tenías miedo de que hablara con él porque era tu socio en esto. Por eso me dijiste que no estaba en Lima. Ustedes habían planeado quedarse con la clínica y para eso tú fuiste a seducirlo. Si Víctor Gelman se casaba contigo, iba a ser así. Tú ibas a convencerlo después de pasársela a Tito. Pero hubo un error. El viejo se murió. Ustedes no pensaban que Boris iba a regresar pero regresó. Así que, cuando vino Boris, el único heredero, pensaron en deshacerse de él también. También creyeron que su madre iba a entrar en una crisis nerviosa y podrían declararla incompetente, y con eso Tito y tú eran los dueños, ¿no?

Ella mira hacia otro lado. Una chica estaba bailando en el centro de la pista.

—Yo lo único que quería era encontrar al que mató a Susy.

De pronto una sombra se interpone delante de ella. Es un hombre joven y calvo.

—Buenas noches.

—Ah, buenas noches, Tito —dice Gómez—. Gusto de conocerlo. He oído mucho de usted.

—¿Qué?

—Claro. Usted conoce a la señorita hace tiempo. Entre los dos iban a desplumar al viejo. Pero ahora se han quedado sin nada. La clínica va a pasar a ser propiedad de la señora Gelman, la mamá de Boris. Está muy bien, en sus cabales, no como ustedes pensaban. Además, es lo que correspondía. Y ahora... ya estarán a punto de irse, seguro. Irse de viaje, ¿no? Con lo que le sacaron al viejo Gelman, cuando Sonia estaba con él. ¿Adónde pensaban viajar?

El hombre coge a Sonia del brazo y ambos dan media vuelta.

—Pero no se vayan que quiero que me cuenten más del asunto. No se vayan.

Gómez sonríe. Se queda solo.

Sobre la pista, la chica está terminando de moverse. La pianola va escabulléndose en escalas rápidas y la mujer levanta una pierna ante el aplauso de un enloquecido hombre de anteojos y bigotes en una mesa.

Una joven con minifalda se ha acercado.

—¿Tomamos algo, señor?

Gómez la observa. Es extraño, pero la muchacha —piel oscura, ojos claros, cabeza de medialuna— tiene un parecido con Sonia.

—¿Por qué no? —dice.

* * *

Gómez camina por una calle desnivelada, arrasada por una capa negra. El tráfico en el centro de Lima va disminuyendo. Logra sentir el ruido recuperado de sus pasos mientras observa dos sombras que se acercan en sentido contrario, hablando en voz alta.

Ambas figuras pasan delante de él. La calle se abre detrás. Un intestino oscuro, apenas espolvoreado por lentejas de luces blancas.

Gómez sigue caminando, y se ve reflejado en las sólidas vitrinas del edificio de un banco. Al lado, una modesta melodía sale de un hueco en la pared.

Pasa junto a las gradas anchas y largas, tras una reja. Está en una esquina de la Plaza de Armas ahora. A lo lejos, el Palacio de Gobierno iluminado parece una mansión abandonada.

Una figura llena de andrajos se acerca. Los trapos le cuelgan del cuerpo. Son de distintos colores y casi parecen medallas.

—Oiga, ¿y usted, señor? Disculpe que lo interrumpa. Un servicio, señor. Un servicio, un servicio —dice la voz a su lado.

Gómez lo ve mejor. Los ojos hinchados de pez, la gorra negra, el cuello hecho de arrugas.

—¿Qué hace usted? —el hombre insistió—. ¿Qué hace usted acá?

—Nada. Paseando —sonríe Gómez.

—Ah... Usted pasea. Muy bien. Pasear es la base del éxito, ¿sabe?

—No sabía.

El hombre saca un cigarrillo. Tiene la quijada larga, una piel con puntos negros.

—¿Quiere fumar? Acá tengo para que fume.

—No.

—Diez dólares nomás. Acá, deme diez dólares, señor. Para que fume un cigarrillo. Yo lo vengo siguiendo. Yo sé que tiene usted plata, señor. Yo lo vi con esa mujer allí en ese *night club*, con ellos. Esto no es robo sino una, cómo se llama, una transacción comercial, señor. Moneda nacional o dólares. Deme lo que tenga.

Sólo ahora Gómez comprende que el hombre sostiene una navaja. Las mejillas le tiemblan mientras sigue hablando.

—¿Qué vas a hacer con eso, oye, vas a cortarme?

—No pensaba llegar a esos extremos, señor. Esto lo tengo para asustar nomás.

—¿Para asustar?

—Le voy a explicar, señor. Yo soy el caballero mendigo, ¿me entiende? Le pido por favor. Le suplico. Le ruego que me entregue un dinero, señor. Con todo respeto. Por su bien y por el bien de la salud de esta ciudad. Esto es un negocio, como le digo. Lo voy a felicitar si todo sale bien. No me obligue, señor, usted parece tan respetable. Y yo soy tan poca cosa, soy algo más que una pobre basura, yo he leído poesía, he leído teatro, tenga compasión de mí. Yo creo que veinte soles estaría bien. Mire usted a su alrededor. Estamos solos, señor. Estamos en Lima, es medianoche y no hay un alma cerca. Piense un poco nomás, y deme el dinero.

Gómez saca un billete y se lo entrega.

Lo felicito, señor, dice el hombre. Es para una buena causa.

De pronto Gómez se encuentra solo otra vez. Un taxi avanza por la pista.

* * *

Es de madrugada. En la esquina está el edificio y puede verse la luz de sala. Apura el paso. Una cortina de garúa cubre el aire.

Llega hasta la puerta y la abre de golpe. Todo parece seguir tal como él lo ha dejado.

Comprende entonces que aún tiene un dolor en la cabeza. Siente que le va a estallar. Entra al baño y se enjuaga la cara varias veces. Sale con la toalla sobre los hombros. Prende la televisión de la sala y camina hacia la cocina. Vuelve con un vaso a medio llenar y un plato con trozos de pan y queso.

Una cara rojiza emerge en la pantalla. Gómez se sienta junto a la mesa. Mordisquea suavemente el pan y luego abre la gaveta. La botella del vino sigue allí, donde Sonia y él la dejaron. Allí están también las copas.

Se levanta a servirse un vaso de agua y el caño suena como una ráfaga.

La música de la televisión continúa. Sólo es un resto de propaganda. Un ritmo chillón, como un ratón en una caja. Se ha dado cuenta del ruido de afuera ahora cuando ha apagado. Deben haber estado tocando la puerta desde mucho antes.

* * *

—¿Quién?

La sombra se agita entre los vidrios borrosos.

—Yo.

Gómez abre la puerta de su apartamento. El fino dibujo del cuerpo se mueve hacia atrás. Los ojos lo miran con cautela, como temiendo algo.

—¿Puedo pasar?

Gómez se aparta. Sonia se ha cambiado. Ahora lleva un vestido negro. Está ensayando una sonrisa.

Gómez se sienta frente a ella.

—Hola.

—¿Qué haces aquí?

—No sé. Me sentía curiosa.

—¿Curiosa de qué?

—Me preguntaba si creías de verdad todo lo que me dijiste.

—Claro que sí, Sonia.

—¿Y me has denunciado? No he vuelto a mi casa, o sea que no sé si me persiguen. En mi casa no hay nadie, sólo mi madre. No quiero que la molesten.

—No te preocupes.

—¿Y qué le dijiste a la policía?

—No sé para qué estás acá. Ya deberías estar escondida o fuera del país.

—Ya, pero quiero saber qué le dijiste a la policía. Cómo

les dijiste que murió Gelman. Por curiosidad nomás quiero saber.

Gómez se sienta.

—¿Quieres tomar algo? Tengo cerveza y whisky.

—No. Dime qué les dijiste.

—Les dije que yo lo perseguía; me sacó ventaja. Al doblar la curva lo perdí. Después oí unos disparos. Cuando llegué, ya lo vi abajo. No sé quién puede haberlo matado. El familiar de cualquier muerto pudo haber sido.

—¿Eso les dijiste?

Gómez estira las piernas.

—¿Por qué no te sientas?

—Estoy bien así. ¿De verdad les dijiste eso?

—Sí.

Ve sus ojos brillando, el pelo descolgado en las mejillas.

—¿Van a buscarme?

—Piensan que lo mató un familiar de una de sus víctimas. Pero no saben si tú.

—Ya.

Sonia abre la cartera y saca un cigarrillo. Se sienta. Su cara se ilumina y desaparece otra vez en una sombra.

—¿Así que creías que te había denunciado? —pregunta Gómez.

—No sabía. Me preguntaba nomás.

—Mucho trabajo habría sido.

—¿Por qué?

—Habría tenido que decir que fui contigo a ver a Gelman. Que estábamos juntos. Contestar un montón de preguntas. No me convenía hablar de ti.

Gómez sonríe. Sonia estira el cigarro que tiembla ligeramente y golpea la ceniza.

—Y además te daba pena, supongo.

—Me hubiera sentido mal. Pero ahora hay un problema.

—¿Cuál?

—Yo sé que tú lo hiciste. Y algún día, a lo mejor se lo cuento a alguien por error, quién sabe.

o

* * *

Gómez ve la ventana que ha quedado abierta. Una brisa en el polvo de vidrio.

—Por eso vine —dice ella con firmeza—. Yo sé que no has dicho ni vas a decir nada. Pero Tito no lo sabe. Buscó tu dirección en una guía telefónica vieja. Está en camino, viene para acá. Quiere matarte. Dice que puedes hablar. Tienes que irte de aquí, Antonio.

Gómez se reclina hacia atrás. El cojín del sofá es mullido y siente un alivio en los músculos.

—El famoso sobrino —dice levantando las cejas—. Tu novio y tu cómplice.

—Sí. Perdóname, por favor. No te dije la verdad sobre él. Pero ahora no hay tiempo de explicar.

Ella camina hasta la puerta.

* * *

—Él dice que no soy práctica —agrega Sonia—. Que me dejo arrastrar. Que soy una romántica. Está viniendo ahora mismo. Iba a ir a su casa a buscar su arma. Hazme caso, Antonio. Está viniendo. Debe estar llegando. Escápate. No puede verte. Y menos a mí. Ándate por favor. Vamos, vamos.

Gómez encoge los hombros.

—Ésta es mi casa. ¿Cómo voy a dejar mi casa?

Sonia voltea hacia la ventana. Un brillo plateado le define la cara.

Gómez piensa que Sonia es una de las mujeres más hermosas que ha visto. Lo más adecuado en ese momento sería pedirle una última gracia, como un prisionero frente a un pelotón de fusilamiento. La oye como a lo lejos. Ya, Antonio, vete. Está efectivamente frente a un pelotón, piensa, sólo que el pelotón no es esa mujer ni ese muchacho con la pistola que lo busca. Es él mismo.

—Una pregunta, antes... —susurra Gómez.

—Dime.

—¿Desde cuándo lo conoces exactamente?

—Hace tiempo.

—Así que lo debes querer mucho para hacer todo lo que has hecho por él.

—Lo adoro —dijo ella—. Después de la muerte de Sonia, Tito quería irse conmigo al extranjero pero yo no podía. No podía irme así nomás.

—Antes tenías que encontrar al hombre que mató a tu hermana.

—Sí.

—Y para eso yo te serví.

—Así es.

—Y ahora que Tito me mate van a poder irse tranquilos, lejos, a algún lugar, y ser felices para siempre. Con lo que Gelman te puso en tu cuenta.

Gómez siente que los ojos de ella se iluminan.

—No. No es así. No es así.

—En todo caso no es el momento de pelear —sonríe.

—Antonio, a lo mejor, mira, si tú...

—Sácame de una duda.

—¿Cuál?

—¿Qué van a hacer con mi cuerpo? Todo se va a llenar de sangre por aquí. Y voy a verme feísimo, un muñeco pesado que va a estar mirándote. ¿Qué vas hacer conmigo?

Por la ventana Gómez ve que acaba de estacionarse un auto.

* * *

Tristán se levanta de la mesa con los ojos enrojecidos y saca un billete de diez soles.

—No te alcanza, negro. Te has tomado siete cervezas —dice el mozo.

Frente a él, Pacheco se estruja el bolsillo y pone otro billete sobre la mesa.

—Ya vamos.

—No pude verle la cara, cholo —dice Tristán.

—Sí, pero está muerto, compadre. Eso es lo que importa.

—Tengo que verle la cara al jijuna. Tengo que saber cómo murió. Voy a ir donde ese detective, tengo que preguntarle algo, cómo murió. Tengo que saber más.

—Pero ya no se puede.

—Pero, ¿por qué? ¿Por qué no se puede?

—Porque así es, negro. Así han salido las cosas. No se puede.

Tristán se levanta.

—Quiero ir a la casa del detective. Para que me cuente otra vez cómo fue que se cayó. Quiero que me diga dónde encontrar a esa mujer. Quiero hablar con ella. Vamos. Quiero hablar con él. Por la Carmela.

—¿Pero cómo vas a ir a estar hora, negro?

Pacheco mira el reloj.

—Ya es más de medianoche.

—Yo no miro el reloj, compadre. Después de que se me ha muerto mi Carmela, yo no miro el reloj.

Tristán se levanta, coge una botella y la hace estallar sobre la mesa.

—Oye, Tristán —dice Pacheco—, ya no te pongas así, pues.

129

* * *

Gómez la ve acercarse. De pronto siente la suave membrana roja de sus labios. Una mano le está acariciando el pelo. Cuando su cara se aparta, un brillo de humedad regresa hacia él.

—Por favor... vete.

—No.

Gómez ha optado por sonreír. Se contiene.

—Ay, Antonio.

—¿Qué?

—Nada.

—¿Qué te pasa?

—Por favor, te estoy pidiendo que te vayas.

—¿Por qué?

—Está allí afuera, mira.

Ella le acaricia el pecho con una mano.

—Pero tu amigo Tito no puede matarme —dice Gómez de pronto, reclinándose hacia atrás.

Parece estar cómodo en el sillón ahora.

—Pero es un loco. No lo conoces. Va a matarte.

—No le conviene matarme. Ni a ti —insiste.

La voz suena en un susurro. Es como si la hubiera dicho otra persona.

Algo se debilita en el rostro de ella.

—¿Qué?

—Tu agenda, Sonia. Yo la tengo. Mejor dicho, el coronel la tiene. En la policía.

—¿Tú?

—Te la robó Tristán. Allí encontré una carta que te dejó Tito. Una cartita de amor. También unas direcciones y una fecha. Todo está allí. Tristán me lo dio. Para que te lo devolviera. La tengo bien escondida en la oficina del coronel. Si me encuentran muerto aquí, van a buscarte. A Tito también. Ya sabes que la Interpol también hace su trabajo.

Mientras Gómez habla, ve que alguien sale del auto. Un mechón le ha caído a Sonia sobre la frente.

—Claro que ustedes podrían matarme de todos modos —agrega Gómez—. Pero hay gente que sabe que tú y yo hemos estado juntos. Te buscarán. Y además tú sabes que yo no lavo mucho por aquí. Tus huellas digitales están en los vasos que tomamos el otro día. Tú te podrás ir esta noche. Pero Zegarra y los otros ya te han visto. Y saben de lo tuyo con Tito. Buscarán a tu madre. No la van a llevar con ustedes, ¿no?

Ella no contesta.

—No te creo —dijo—. Lo que me estás diciendo es mentira.

—El problema también es que tengo amigos allí en la policía, pues. No sería un muerto cualquiera. Además los periodistas están metidos. Con Gelman muerto, desde hoy cada periódico tiene a alguien asignado para este asunto. Ya te he dicho. No te conviene.

—Sin embargo —dice ella con un hilo de voz—, tú no le diste la libreta al coronel. Tú la tienes aquí. Ellos no tienen mis huellas. Y además... esto es lo que tú quieres, en el fondo. Morirte, ¿no?

Gómez sonríe.

—No me impresionan tus frases, querida.

—No son frases. Es la verdad.

—Si quieres saber la verdad, mejor míralo a Tito.

—¿Por qué?

—¿Pero no te das cuenta, Sonia? Tito te ha dirigido como a un títere.

Los ojos vuelven a levantarse.

—¿Por qué?

—Porque Tito fue quien le dijo a Boris dónde trabajaba tu hermana. Lo dejó ir. Lo mandó al *night club*.

—Mentira.

—Es lo lógico —dice Gómez—. A tu amorcito, a Tito, le convenía que Boris matara a Susy. Era lo que él buscaba. ¿No te parece?

—¿Cómo que le convenía?

—Porque así Boris ya no iba a buscarte a ti. La muerte de su padre iba a quedar resuelta para él. Tú estabas protegida. Y si a Boris lo agarraba la policía, Tito iba a heredar la clínica. Era de la familia y su mamá se la iba a encargar a Tito, que es el administrador. Todo perfecto para él. Eso es lo que iba a pasar en estos días. Tito iba a hacerse cargo de todo. ¿Sabías eso?

—No.

—Al precio de que muriera tu hermana, por supuesto.

—No te creo. Él no es tan calculador.

Gómez habla en voz baja.

—Desde que empezó todo esto él te ha usado para lo que quería. Tú pensabas que lo estabas usando a Gelman, pero en realidad Tito te estaba usando a ti con él.

—No es así, no es así.

Gómez duda. Oye un ruido en la escalera. Es el ruido de un aprendiz. Podría acercarse y desarmarlo. Pero siente que no tiene las fuerzas.

—En todo caso —la voz de Sonia tiembla— ya es tarde. Todo esto, se acabó. Yo te...

Se oye un nuevo ruido. De pronto la puerta se mueve. Alguien ha entrado.

Gómez se arroja al piso, derrumba la mesa y saca el revólver del cajón. Sin apuntar, aprieta del gatillo.

Mientras oye los disparos, ve la cara de Tito que está arrastrando a Sonia hacia abajo. Gómez descarga el revólver una y otra vez. La lámpara estalla encima y el cuarto queda a oscuras.

* * *

Cuando la luz regresa, ve la cara de Tristán y otro hombre en el umbral.

—¿Qué ha pasado? —le dice Tristán—. ¿Quiénes eran esos tipos?

Gómez se limpia el pantalón y camina hacia el refrigerador.

—Un marido celoso y su pandilla —dijo—. Lo de siempre. Si quieren les cuento la historia.

—¿Pero qué ha pasado? Yo soy policía —dice Pacheco—. ¿Quiere que lo ayude?

Gómez abre la puerta del refrigerador. La mano le tiembla. Ve las luces del carro por la ventana. Se sienta. Coge unas latas de cerveza.

—Sí —dice—. Tómese un trago con nosotros.

13

La calle amanece iluminada y Gómez se asoma a la ventana, con ojos distraídos. Un casero repite nombres de frutas mientras empuja una carretilla.

Un grupo de chicas de lazos rojos espera el ómnibus entre risas. Gómez está sentado frente a una taza de café negro. Sorbe lentamente mientras una voz ronca repite las noticias en la radio.

A media mañana entra al edificio. Avanza por un corredor. Zegarra camina en dirección contraria y al pasar le cruza una palmada.

—¿Cómo vas?

—Sigo con los coqueros, mayor.

Llega a la puerta y toca.

—Adelante —dice la voz.

Gómez entra.

—Ah, es usted —dice el coronel—. Siéntese.

El coronel escribe algo, luego firma, pone un sello y va doblando el papel.

—Bueno, pero por lo menos, los periódicos ya no hablan de eso.

—Ya no, pues. La muerte de Gelman se les quedó en el recuerdo nomás. Ahora todos piensan en otras cosas. Felizmente, felizmente.

Hay una nueva pausa. El coronel mira hacia el vacío. Mueve sus bigotes, como si estuviera a punto de mascarlos.

—¿No sabe nada de ella? —dice Gómez.

Los bigotes del coronel se elevan. De pronto, estalla en una carcajada.

—¿Yo? ¿Y cómo quiere que sepa algo de ella?

—No sé.

—Usted sigue con sus romanticismos pues, Gómez. Sigue con eso. Una pena que usted sea así, pues. Una pena. Así nunca va a llegar lejos.

Gómez mira hacia la ventana.

—Usted ya debería saber, coronel, que llegar lejos nunca ha sido mi intención.

El coronel se ríe.

—Usted se hace el cojudo, Gómez, pero no es ningún cojudo. Eso me di cuenta el primer día que lo vi. Usted se hace el idiota para despistar, o sea para pasarla mejor. O sea que usted cree que así va a vivir más tiempo. ¿No?

Gómez se para.

—No sé. No creo nada, la verdad.

—Ay, pero qué huevón que es usted, mayor Gómez.

Gómez alza una mano.

—Así es, oiga. Si usted lo dice, así será.

—Ay, carajo.

—Bueno, si no hay mayor novedad, lo dejo, coronel. Ha sido un gusto.

El coronel se reclina en el espaldar.

—¿Se va, Gómez?

—Me voy, coronel. Con su permiso.

—No, no. Venga, lo invito a tomar un café aquí abajo, mayor. Disculpe. Relájese un poco. Muy tenso es usted. Por eso no aguantó aquí. Vamos a tomarnos algo, no siga haciéndose el huevón, Gómez. Vamos.

Gómez se para.

—Si usted lo dice, mi coronel, yo estoy para obedecerle.

—Gracioso es usted, Gómez. Muy gracioso. Usted lo que quiere es un café gratis.

—Usted me ordena tomar un café y yo le obedezco, coronel.

—Ya, pues, Gómez. Otra vez haciéndose el cojudo. Así que va a obedecerme, ¿no? Usted nunca le ha obedecido ni a la puta que lo parió.

* * *

Sube las escaleras, esquiva la última grada, y tantea el agujero con la llave. Cuando se forma el haz de luz retrocede un paso. Se sienta en el sofá. El ruido de la calle lo hace dar vueltas por la sala.

Va a la cocina, llega a la pequeña alacena. Después de algunos ruidos la puerta se abre.

Adentro hay dos copas, la libreta y algunos papeles. Gómez saca las copas, se sirve agua y disuelve una tableta de efervescente, un remolino de burbujas. Luego saca los papeles uno por uno: recortes de periódicos, informes policiales, datos sobre la familia Gelman. También hay una fotografía de Tito.

Mientras toma el líquido amargo, Gómez se acerca a la ventana. Abre y sostiene el montón de papeles. Luego los suelta y los ve caer como copos de nieve arrugada, hacia la vereda. Algunas cabezas se levantan.

Gómez cierra la ventana.

Se sienta en la mesa. Delante de él están la libreta y el vaso de Sonia. Derrama un poco de vino en él, levanta su copa y sonríe ligeramente.

—Salud —dice.

* * *

Son las doce de la noche.

Una cortina sesgada de llovizna borronea la luz del poste.

La televisión sigue prendida y resuena, a lo lejos.

El timbre del teléfono se repite mientras él camina. De pronto se acaba. Está a punto de entrar a su cuarto.

Gómez se sienta junto a la ventana otra vez. Una luz de automóvil avanza, llega a la esquina y sigue. Sigue como si todo fuera normal, continúa una ruta ya prevista. Quizá la de un hombre que va a buscar a una amiga o la de un padre que va a recoger a su hija de una fiesta, personas comprometidas en seguir moviéndose.

El vino tiene un sabor seco y fuerte. La luna brilla en la ventana, el ojo tuerto de una pantera.

«No le diste la libreta al coronel. Tú la tienes», le había dicho.

Y él la tenía, en efecto. No se la daría nunca a nadie.

Todo había ocurrido allí, en ese mismo lugar. Él había estado sentado en esa silla, junto a la ventana. Ella, frente a él.

Prende la televisión. Son las dos o quizás las tres. Hay episodios de programas cómicos. Lourdes Mindreau está sentada frente a un grupo de ejecutivos. Actúan Fernando de Soria, Gustavo McLennan, Ricardo Fernández. Cada uno va haciendo su número especial con ella. Gómez los mira a la distancia, como personajes de un sueño.

El programa se acaba. Viene ahora una repetición de las noticias del día.

Gómez se levanta y mira por la ventana otra vez. La calle es un cementerio mojado y sucio. Encima, una pálida procesión de nubes.

Empieza a caminar por el cuarto. Siente frío en los pies. Se detiene y toca el vidrio con los dedos.

El ruido del teléfono lo alegra esta vez. Es un alivio que algo interrumpa ese silencio.

138

Siente que alguien respira.

Hay una pausa.

—¿Quién es? —insiste.

* * *

Durante los días siguientes, esas palabras iban a repetirse en el aire mientras subía las escaleras hacia la oficina, esperando el ómnibus en el aire frío, despierto en la madrugada.

«Estoy ahora en un pueblo, cerca de Orlando. Vamos a irnos pronto porque mi madre tiene una prima en Kansas. Vamos a estar mejor allí. No me siento contenta aquí pero es como si hubiera pasado a otro planeta. Estoy sola con mi mamá y he hablado mucho con ella. Le he contado por fin todo lo que pasó. Mientras se lo contaba, yo misma no lo podía creer, ¿sabes? No lo podía creer. Es como si hubiera enloquecido durante esos días. Como otra persona que vino y se me metió en el cuerpo, otra persona que hizo todo. Maté a ese maldito, no me arrepiento de eso. Me sentía enamorada de Tito. Ahora sé que es un canalla. Él siempre fue así pero yo creí que conmigo iba a ser distinto. Pudo haberte matado a ti también. Cuando supo que tenías mi libreta y una carta suya, se asustó y al día siguiente se fue casi directo al aeropuerto, se fue a vivir a algún lugar, no sé dónde. Hace tiempo que no sé nada de él. Ahora todo lo que me pasó me parece tan irreal. A veces veo la cara de Susy. Estoy tan triste y tengo tanta rabia. Hay algo que no puedo soportar, que está como siempre estallando dentro de mí. No sé si me entiendes. Ahora puedo controlarlo. Pero durante esos tres días, no sé, no sé... Creo que nunca entendí a mi hermana como esos días. Ella debe haber vivido siempre así, como desesperada. Así se vive a veces. En realidad, no quiero hablar de Tito. Él se ha llevado casi todo el dinero que pudo de su tío. No sé dónde podrá estar.

A lo mejor algún día pueda verte. No sé cuánto tiempo estaré aquí. Prefiero no escribirte ni que me escribas por ahora. Pero te llamaré. No sé cómo decirte esto pero pienso en ti, le hablo de ti a mi madre. Casi no nos conocimos, pero yo no te olvido. Espero que tú no me olvides tampoco. Quizá un día, dentro de unos años, volveré a Lima.»

* * *

Se queda dormido, y se despierta con el timbre en la puerta.

Es Zegarra.

—Mayor, el coronel acaba de inaugurar una cebichería en Chorrillos, nos invita, dice, que venga por usted.

—Me visto y salgo.

Una hora después están comiendo frente al mar.

—Me llamó Sonia la otra noche, me llamó por teléfono —dice Gómez.

Zegarra voltea.

—¿Dónde está?

Ha preguntado sin dejar de masticar el primer chicharrón. Ambos tienen un vaso de cerveza a medio llenar.

—En Estados Unidos. Con su madre.

—¿Y seguía con su enamoradito o no?

La voz de Zegarra tiene un tono cavernoso que se esparce sobre la mesa. Más allá están el coronel y los otros.

—Creo que no.

—Debe estar bien ese Tito. Con la plata que sacó de la clínica. Hizo un desfalco, ¿no?

—No pudo. Si tú no me avisabas de las acciones y propiedades de la familia, no me habría dado cuenta.

—Pero igual no sirvió de nada. De todos modos, el coronel está contento porque los periodistas andan distraídos. Nadie averiguó nunca nada. Como siempre.

—Como siempre.

Gómez mira hacia el cielo, una ceniza informe, flotando.

—Después de todo, ¿qué son unos cuantos muertos, pues? Unos cuantos muertos más... es lo que necesita el mundo, mayor.

Zegarra levanta la botella y llena los dos vasos.

—¿Piensa usted en ella? —le dice.

—No.

Mira hacia el malecón. Todo vacío excepto por una sombra, una mujer caminando sola.

—¿Y la clínica del doctor? ¿Qué pasó?

—La madre del doctor Gelman la sigue administrando con el doctor Lozano y el doctor Gálvez. Pero dicen que el director va a ser Panizo. Allí todo está igual. Les va bien. Así que todos felices. Tito robó, Sonia se escapó, y el doctor Boris Gelman se murió.

—Fin del capítulo, mayor. Usted también se salió con la suya. Sigue usted solo y pobre, pero tranquilo.

—Y ahora vamos a dedicarnos a otra cosa.

—¿Y a qué va a dedicarse ahora?

—No sé. Pero no me andes tratando de usted todo el tiempo.

Zegarra da un sorbo largo.

—El único que no está contento es el zambito. Ese sí que perdió a su mujer. Cómo la quería.

—Pero hay que reconocerle su mérito a Tristán. Lo persiguió a Gelman cojeando no sé cuántas cuadras.

—¿Qué habrá sido de él?

Gómez termina la cerveza. Deja el vaso en la mesa y piensa en pedir otra.

* * *

Bajo el mediodía gris, Tristán salta del taxi con un chupete en la boca. Mira de frente. La puerta del cementerio tiene unos ángeles colgantes, como pájaros petrificados. Camina con una leve cojera. La gente parece abrirse a su paso. Junto a la puerta se reclina contra la pared.

Ha pasado un mes exacto desde el entierro. Ha pensado que es la hora y el día en el que la señora va a ver la tumba. Sólo tiene que esperar. Un atolladero de tráfico la demora a lo mejor. Ella viene de lejos.

Por fin un auto negro iluminado aparece con sus aletas dobladas en la esquina. Se para junto a la pared. La espera. Está en un buen lugar para verla pasar.

La ve. Viene erguida, cubierta con una mantilla, cerca de él, sola como un espectro. El chofer se queda cerca del carro y Tristán sabe que ella lo ha visto y que ha seguido su camino.

Él empieza a caminar junto a la mujer y llega por fin a una cripta donde puede verse el nombre de la familia. Allí están.

La señora Gelman se queda cerca como rendida, de pie, rezando en silencio y Tristán se para junto a la construcción blanca y toca con sus dedos gruesos y negros la fina letra del apellido: Gelman.

—Aquí está el asesino —murmura.

La señora Gelman retrocede un paso. Abre los ojos.

—¿Qué? ¿Qué?

—Aquí nunca va a descansar en paz por los siglos de los siglos, señora. El asesino de mi Carmela, su hijo Boris Gelman. Que no descanse en paz, nunca. Amén, señora.

Cuando voltea a verla, se encuentra, detrás del velo negro, con los ojos azules.

—Voy a presentarme, señora —dice Tristán golpeando la cripta—. Soy Tristán Rivas y mi novia era la Carmela Lazo, hasta que su hijo vino y le metió cuchillo, señora. Por eso tengo que venir a verlo siempre, pues. Esa es mi tarea. Venir a verlo aquí. Para que su hijo no se me escape, señora. Para que no se me escape nunca.

—¿Quién es usted?

—Su peor pesadilla, señora. Un ángel negro volando sobre su tumba.

La mujer se queda inmóvil.

—Fuera de acá. Váyase.

Tristán se ríe.

—Así que ya lo ve, pues, él está conmigo ahora. Como usted también está conmigo. Yo voy a venir siempre aquí, a verlos a ustedes. Y despúes le voy a contar a la Carmela. ¿Me entiende, señora?

Impreso en los talleres gráficos de:
QUEBECOR WORLD PERU S.A.
Av. Los Frutales N° 344, Ate
Telf. 4377-323 / Fax: 437-2925
Lima - Perú